どうでも
いいから
帰らせてくれ
Doudemo iikara kaerasetekure
サラ・ウェール
完璧美人な
伯爵令嬢で
ルルリーアの親友
「考えなさい、リーア。
そして、もう少し周りに
関心を持った方が、いいわよ？」
「魔法は気長に会得する
ことにして目標は卒業！
それ以外は考えないことにした!!」
ルルリーア・
タルボット
魔法の才能に乏しい
残念伯爵令嬢
元気よく宣言すると、
サラに生温い目で見られた。
解せぬ。

ライオネル・アレスタント
よく殺気を飛ばす王国の騎士団長
公爵令嬢VS男爵令嬢の
『婚約破棄騒動』に何故か巻き込まれた
伯爵令嬢ルルリーアの明日はどっちだ⁉

ソラン・ベザレル
アイリーンに好意を寄せる魔術師団長の養子
パーシアス・ルメール
アイリーンに好意を寄せる王弟殿下
アイリーン・ディラヴェル
王太子殿下の婚約者である麗しき公爵令嬢

「これは失礼した。見事な……ふっ……吹きっぷりだった……。くくっ」
堪えきれないとばかりに奴は吹き出しながら謝ってきた。
ちょっとそれじゃあ、謝罪になってないんですけどおおお!?!?
失礼したって言った側から失礼なんですけどぉぉぉ!?

どうでもいいから帰らせてくれ
Doudemo iikara kaerasetekure
Haineko Hiro
著 灰猫陽路
Abeno Chaco
ill. 阿倍野ちゃこ

口絵・本文イラスト　阿倍野ちゃこ

CONTENTS

「人生って厳しいものなの？」なんて少し気恥《きは》ずかしいことを、親友に聞いてみた所、本をめくる速度を落とさず、「さあね、人に依《よ》るけれど、それほど厳しい訳じゃ、ないんじゃない？」と、呆気《あっけ》なくもつれない態度で返された。

なんだそんなものか、なんて納得《なっとく》しかけたのに、彼女《かのじょ》は続けてこう言った。

「まあ、貴方《あなた》の場合は人一倍厳しいでしょうね」

………それは、どういう意味でしょうかねぇぇぇ!!

我《わ》が親友は聞かれたことに答えただけだけれど、恨《うら》みがましい気持ちが抑《おさ》えられない私。

そんな私をまるっきり気にも留めずに、更《さら》に続ける。

「だって、貴方だもの」と、まるで、空気って吸えるの、と言うのと同じ調子で話す、親友のはずの彼女。

……いやいやいや、だから、どうして『私』が入ると、途端《とたん》に人生が厳しいものになるのか、そこのところを教えて欲《ほ》しいのだけど？

諦《あきら》めきれず食い下がると、溜息《ためいき》ひとつ吐《つ》いて、彼女は漸《ようや》く本を閉じた。

最初に私が話しかけた時に本くらい閉じて欲しかった、なんて我儘《わがまま》でしたねぇぇ!!　顔が、その笑顔《えがお》が怖《こわ》いよ!!　我が親友よ!!

「それが理解《わか》らないからこそ、貴方が貴方である所以《ゆえん》でしょうね」と、まるで古《いにしえ》の賢者《けんじゃ》が小難しい顔で言うようなことを、先程《さきほど》の怖い笑顔から一変して涼《すず》しい顔でサラリと言った。いや言われた。……うん！　全くワカラナイネ！

理解出来なかったことを満面の笑《え》みを浮《う》かべることで、親友に伝える。

すると更に深い溜息を吐かれた。なんでだろうね？

「厳しい厳しくないは、本人の認識次第《にんしきしだい》。だから、そうじゃないと思えばいいわ」

ふむふむ、なるほど!!　……なんだか騙《だま》されているような、煙《けむ》に巻《ま》かれているような気がするけど、きっと気の所為《せい》だ。

一人納得していると、表情の読めない目で、彼女は私を見つめる。やだな、そんなにじっと見つめられたら、照れるじゃないか。

「貴方はこれから、どうなるのかしらね？」と、そう言う彼女はとても謎《なぞ》めいていた。

どうなるって、波風どころか白波すら立たない、凪《なぎ》のような日々を送る予定の私だ。どうにもならないはずさっ！

……なのに、親友曰《いわ》く、私には厳しい人生がこれから待っている、と。

『これから私がどうなるか』だって？？

――それは、私が、一番知りたいよ!!

一章 どうでもいいから勝手にやってくれ!!

∞ ∞ ∞ ∞

緊張《きんちょう》しながら、王立ルメール魔法《まほう》学園の見慣れた廊下《ろうか》を歩く。歴史を感じさせる幾何学《きかがく》模様を踏《ふ》みしめ、逸《はや》りそうになる足を堪《こら》える。

——もちろん、今学期の成績順位の掲示板《けいじばん》を見に行くのだ。

いい加減、個別に知らせて欲しいな。成績上位者なら衆目に晒《さら》されてもいいだろうけど、成績の芳《かんば》しくない生徒には辛《つら》い習慣だ。私は大丈夫《だいじょうぶ》、と言いたい所だけど、残念ながら私の成績は振《ふ》るわない方、つまり後者である。だから個別通知を強く押《お》したい所だ。

掲示板のある食堂に辿《たど》り着《つ》くと、燃《も》え尽《つ》きた様子の彼女とすれ違《ちが》う。……嫌《いや》なものを見てしまった。私もああなるのだろうか。おお、恐《おそ》ろしい……。

成績を見るために集まった食堂から溢《あふ》れる人々をかき分け、掲示板へと近付いていく。

そこかしこで喜びの声と嘆息《たんそく》と奇声《きせい》が聞こえてくる。

はしゃぎ過ぎて首を絞《し》められている者。悲痛な叫《さけ》びを発して友を揺《ゆ》さぶり過ぎている者。

中々の混沌振《こんとんぶ》りだが、そう、君たちに構っている場合ではないのだよ私は。

何故《なぜ》なら学園に在籍《ざいせき》して三年目、今年卒業できないと非常に不味《まず》い事態になるからだ。

身分に関係なく自由に入学出来る我が学園。が、貴族には忌《い》まわしい風習がある。

『貴族は三年で卒業すること』だ。なぜ三年なのか理由は諸説あって割愛《かつあい》するが、何《なに》を隠《かく》そう、私は伯爵家《はくしやくけ》の子女なのだ。だから今年で卒業出来ないと、社交界で駄目《だめ》な方の噂《うわさ》になるという呪《のろ》わしいこの仕組み。ああ嫌だ嫌だ。

両手で顔を覆《おお》っている目の前の彼《かれ》をそっと退かせて、漸く掲示板の前に立つ。

開けた空間に浮かんでいる只《ただ》の紙を、私の人生が懸《か》かったその紙を、恐る恐る見上げる。

普段《ふだん》食堂として利用しているときには気にも留めなかった天窓から差し込んでくる光が、何かの啓示《けいじ》みたいだ。——問題は良い方か、悪い方か。

緊張を飲み込むように、ごくり、と喉《のど》を鳴らす。

——おお神よ!!　何かの手違《てちが》いでもいいから良い点数を与《あた》えたまえっ!!

……魔術《まじゅつ》の座学が１２９位４０７点、か。まあまあかな。

大まかに四つに分かれた区分、『武術（実技・座学）』『魔術（実技・座学）』からそれぞれ難易度の違う授業を、学園で過ごした年数に関係なく、生徒自身が自由に選択《せんたく》し学ぶのがこの学園流。

そして卒業に必要な点数は、３０００点。

現在三年目の私の合計点は、さっきの点数を入れると２４６５点。で、後は実技で１００点以上取って、前期の目標５００点以上を達成できる。

更に後期で５００点取れば、今年で卒業確定だ。

それにしても、座学で４０７点、目標まで残り93点か……。ちょっと点数がギリギリだったな。危ない危ない。

座学と実技の両方のなにかしら一つでも授業を受けないといけないルールに則《のっと》って、二年間武術の実技をとってたんだけど、諸事情から今回初めて『魔術・実技』を選択した私。

だから点数が読めないんだよねー。うーん、後期はもうちょっと座学を増やさないと駄目《だめ》かな……もう結構な数受けてるから、私的にはこれ以上増やしたくない。頭が破裂《はれつ》しちゃうしね!!

ここはまだ見ぬ『魔術・実技』に懸けよう。１００点どころか２００点とか取れちゃえばもうこっちのもの。座学を増やさずに今のまま余裕《よゆう》で卒業出来ちゃうわけだね!!

希望と願望の交ざった気持ちで、『魔術・実技』の掲示《けいじ》を見上げる。

つい反射的に上の順位から見始めてしまった。……うっ、5桁《けた》の数字が見えちゃったよ。

駄目駄目、上の方は見ちゃいけない。何故かって？　私のやる気が無くなるからだ。

――本学園の座右の銘《めい》は『実力一路』。

満点というもののないこの学園では、能力に見合った点数がつけられる。

そうすると、今回の1位の生徒のように、一度の試験で卒業規定に見合う点数を獲得《かくとく》する生徒が出てくるという訳だ。まあ、そうなるには上級の授業を受け、その試験で想定以上の実力を示さなければいけないので、並大抵《なみたいてい》の実力じゃ、5桁の点数なんて取れないんだよねー。わースゴイナー、1位の人――

おっといけないいけない、気を取り直すのよルルリーア。

あれは私に無縁《むえん》の世界。私には卒業が一番肝心《かんじん》。他人の点数は私の加点にならない。

そう、卒業が全《すべ》て。――さぁて!!　私は何点取れたかな？？

順位を辿って、視線をどんどん下げていく、下がっていく。

……ん？　あれ？　ちょ、え？？　200位を過ぎてもまだ私の名前がないぞ？　予想だと、その辺りのはず……。若干《じゃっかん》の焦《あせ》りを感じつつも探し続ける。

すると、一番最後に、私の名前があった。

『魔術・実技　258位　ルルリーア・タルボット』

えっと、全生徒が二五八人だから、私が最下位、ってことか。

…………まあ、どんなものにでも、一番下は出来るもの。気にしちゃいけない。問題は、何点を取ったか、なんだけど。

――紙の端《はし》が丸まっていて、点数が見えない。

人目を気にしつつも、素知らぬ振りをしつつ、近付いて成績表の丸まっている部分を伸《の》ばす。

『258位　ルルリーア・タルボット　2点』

…………え？？？　み、見間違《みまちが》い、かなぁぁぁ？？

『ルルリーア・タルボット　2点』

何度見ても、点数は変わらなかった。

目を擦《こす》っても凝《こ》らしても、変わらなかった。

に、にてん、2点……257位の人との差が、50点ある……あれれ？　おかしいな？？

そっと、成績表から離《はな》れる。

別に私は有名人ではないから、今周りにいる人達に『あいつ2点』とか囁《ささや》かれる訳じゃない。……いや、何人か同じ授業を受けていた生徒が、信じられないものを見るような目で、コチラを見ているような気がする。気の所為だと思いたい。

その視線から逃《に》げるように、人混《ひとご》みをすり抜《ぬ》けて掲示板から足早に離れる。


……ねえ、先生ぇぇぇ!!!!

どうせつけるなら、いっそのこと、0点にしてよぉぉぉ!!!!

2点、2点てっ!!!!　一体、何がどう加算されたの、私の卒業がぁぁぁ!?!?!?

∞　∞　∞　∞

「――ですので、このままだと、三年での卒業が危《あや》ういですね。タルボットさん」

呼び出《だ》されたのは、魔術の実技・座学を取り仕切る、『鉄壁《てっぺき》の淑女《しゅくじょ》』ヘレン先生の部屋だ。

鉄壁先生らしく、一分の隙《すき》もなく整理《せいり》整頓《せいとん》され尽くした部屋。悠《はる》か上の天井《てんじょう》までびっしり本が埋《う》まり、そして整然と並んでいる。

一番上の本って、どうやって取るのかなー。やっぱり魔法でかなー。

「……聞いていますか？　タルボットさん」

「もちろん聞いております。先生」

聞いていなかった時は、即答《そくとう》するのが肝心だ。目が泳いだり、顔が引《ひ》き攣《つ》ったりしたらバレちゃうからね!!

こちらも乱れなくきっちり後ろに結ばれた髪《かみ》を撫《な》で、先生の鈍色《にびいろ》の目の眦《まなじり》が吊《つ》り上《あが》る。

ああ、どうやら鉄壁先生には、聞いてなかったのがバレているみたいだ。

眉間《みけん》に更に刻まれた皺《しわ》と、深すぎる溜息が更にそれを裏付ける。

――嗚呼《ああ》、私残念。

「こちらとしても、魔術の実技を受けるよう指導した結果が、このような前代未聞《ぜんだいみもん》の事態を引き起こすとは、思いもよりませんでした」

なんだ、さっきの溜息はこっちのことでしたか。

そうなのです。

入学して早々に、私に魔法のセンスが皆無《かいむ》であることが証明されていたのだ。それはもう壊滅的《かいめつてき》だった。だから二年間、ずっと武術の実技を受けていたのだ。

といっても、一年目は体力づくりで二年目は護身術。基礎《きそ》中の基礎の、言ってしまえば誰《だれ》でもある程度の点数を稼《かせ》げる、そんな授業だけだけど。

三年目にして受けられそうな『武術・実技』の授業がなくなったので、『魔術・実技』を受けてみたらどうかという先生からの指導は、渡《わた》りに船だったわけで。

魔法学園で二年間も魔術の座学をみっちり受けた今なら、入学当時よりも成長しているはずだし、実技だって楽勝なんじゃ？　なーんて思って受けたわけで。

――だから鉄壁先生。そんなに自分を責めないで欲しい。

先生は魔術・武術どちらかの実技を必ず受けなければならないという、情け容赦《ようしゃ》のない学園のルールの被害者《ひがいしゃ》なのだ。先生のせいじゃない。

そして付け加えるのならば、私のせいでもないことをこっそり主張したい。こっそりでいい、主張だけしたい。

「……実は、今回タルボットさんが受けられた、魔術基礎実技の担当、フェイ先生から伝言を預かっております」

ほうほう、伝言とな。………ん？　直接私に言えばいいのに、何故《なぜ》鉄壁《てっぺき》先生の手を煩《わずら》わせるようなことをするんだ？？　フェイ先生よ。あんなに鉄壁先生のこと、こわが…女傑《じょけつ》だって尊敬してたのに。

まあいいか。それより私に付けた、あの意味不明な『2点』について、説明してくれるんだろうか。いや、聞きたいような聞きたくないような……。

鉄壁先生が、おもむろに二つ折りの小さな紙を取り出す。誰かが慌《あわ》てて折ったかのように、ずれて重なっていたそれを、鉄壁先生は丁寧《ていねい》に広げる。

「『今回私の出来うる力の限りを尽くしたのだが、どうすることも出来なかった。申し訳ない。本当に申し訳ない。教えるとはなにか、改めて探しに行くことにした。ちなみに、君に付けた『2点』だが、あれだけ出来なくても諦めなかった、君のその根性《こんじょう》に敬意を表して付けさせてもらった。追伸《ついしん》、ヘレン殿《どの》、私を捜さないで欲しい。』………以上です」

読み終えた鉄壁先生を信じられない思いを込めた目で見る。返されたのは同じくらいの思いが込められた目。どうやら本当のことらしい。

えええぇぇえええ!?!?!?　そ、そんなにぃぃぃ!?!?　そんなに駄目だったたの私っ!?根性見せなかったら、0点だったたってこと!?!?!?

――いやそうじゃない、魔法に関しては、0点ってことだぁぁぁぁ!!!!

鉄壁先生の手元を覗《のぞ》くと、親切にもよく見えるようにこちらへ傾《かたむ》けてくれた。……うん、鉄壁先生の言葉を疑ったわけじゃないんけど、先生が言った通りの内容が書いてある……。

しかもこの伝言だと、私の所為でフェイ先生旅に出ちゃったってことだよね？？？

そんなこと言われてもだって私全力で真面目《まじめ》にやってたんだけどぉぉぉ!?!?

困惑《こんわく》を隠せない私に、鉄壁先生は、まるで越えなければいけない目の前の壁《かべ》が、一枚じゃなくて百枚だったことに気付いたかのような、遠い目をしていた。

「まあ……フェイ先生の事は置いておきましょう……」

置いておかれちゃうんだフェイ先生。

まあそれしかないよね。もう旅立っちゃったんだもんねフェイ先生。もうどうすることも出来ないもんね鉄壁先生。――おお神よ、彼の行く末を守り給《たま》え!!

「これからの、タルボットさんの実技、なのですが」

おお!!　そうそう、魔術の基礎でアレだから、魔術・実技ではもう受けられる授業がない。なのに今期の目標の500点まで残り91点ほど足りない。どうなるんだろう、武術も魔術もどっちも手詰《てづ》まりだから、特別授業とか受けさせてくれるのかな？

鉄壁先生よ!!　お願いします、哀《あわ》れな私に救済をっ!!

「実技を、免除致《めんじょいた》します」

「へ？」

思わず間抜《まぬ》けな声が出ちゃったけど、私の聞《き》き間違《まちが》いじゃないよね？

今イチ理解していない私に気づいた鉄壁先生は、苦い草だけを集めた青汁《あおじる》を飲んだかのような顔で、解りやすく噛《か》み砕《くだ》いて教えてくれた。

「ですから、タルボットさんは、武術・魔術共に後期の実技を免除致します」

鉄壁先生の言葉が、じんわりと私の脳へ広がっていく。——そうして漸く、意味が染《し》み込んできた。

……どっちも免除、ということはつまり。

み、見捨てられたぁぁぁ!!!!　武術はいいとして、魔術ぅぅぅ!!!!　魔法学園なのに、魔法を教えてもらえなくなったぁぁぁ!!!!

いいや、私の聞き違いだ。きっとそうだよ、だってここはそう、魔法学園だよ？？

一縷《いちる》の望みを懸けて、鉄壁先生へ恐る恐る尋《たず》ねる。

「め、免除、ということは、魔法を教え？」「ません」「ってことですよねぇぇぇ！」

私の望みをきっぱりすっぱり断《た》つその潔《いさぎよ》さはまさに鉄壁先生。

う、うそでしょぉぉぉ!!!!　免除……嘘《うそ》でしょぉぉぉ!?!?

混乱する私を、哀れむように見る鉄壁先生。が、容赦なく続ける。

「こちらとしても、更に教師を失う危険を冒《おか》す訳には、いきませんからね」

――ちょっと待って欲しい。

その言い方だとまるで、私が関《かか》わると教師が辞《や》めちゃう、みたいに聞こえますけどぉぉ!?!?

私、成績はともかく、真面目な一般《いっぱん》生徒なんですけどぉぉぉ!?!?

だがしかし抗議《こうぎ》しようにも、もう既《すで》に一人、先生が居なくなっちゃってるからな。

せめて消息不明じゃなくて、休暇《きゅうか》とかで旅に出てくれればよかったのに……。フェイ先生め。

まだ免除に納得していない私へ、鉄壁先生はもうこの話は終わったと言わんばかりの早口で最後を締《し》めくくる。

「後期は座学で残りの点数を得て下さい。頑張《がんば》ってくださいね、タルボットさん。では話は以上です」

え？　ちょっ、えっ？　もう終わりなの？　これで話終わりなの？？　何処《どこ》かに希望は、希望はないんですかぁぁぁ!?!?!?

縋《すが》る私を、とても良い笑顔でドア へ追いやる鉄壁先生。

い、いやだぁぁ!!　まだ見捨てないでぇぇぇ!!!!　せんせぇぇ!!!!!!

∞　∞　∞　∞

「と、言うわけなのだよ」

「それはそれは、面白《おもしろ》い展開ね。流石《さすが》、リーア」

学園に併設《へいせつ》されているカフェで、紅茶を嗜《たしな》みながらこの悲しい出来事を報告する。

そしてその報告相手で、楽しそうな笑い声付きで酷《ひど》いことを言うのは、我が親友であるサラ。私と同じ伯爵家の子女なのに、羨《うらや》ましいほどの美少女で、妬《ねた》ましいほど綺麗《きれい》な真《ま》っ直《す》ぐの金色の髪の持ち主。いいなー。交換《こうかん》して欲しいなー。

「そんな場合じゃ、ないんじゃない？」

えっ？　もしや私の心読んだ？　やはり読心術の持ち主か、私サラなら出来ると思ってた!!

尊敬の念を込めて見る私に、溜息を吐くサラ。

「………声に出てたわよ？」

ああ、なるほどね!!!!　それじゃ判《わか》るわけだよ納得だね!!

……うん、現実逃避《とうひ》です、正直に言います。

だってだって！　そうでもしなくちゃ、魔法学園で魔法を教えてもらえない、この現実をどう受け止めたらいいのさぁぁぁ!!!!!!

淑女にあるまじき体勢でこの憤《いきどお》りをサラに訴《うった》えかける。と、サラが自分のお菓子《かし》をくれた!?

やった！　このパイ、リンゴがとろっと生地《きじ》がサクサク、美味《おい》しくてすぐ私の、食べ終わっちゃってたんだよね!!　もう一つ頼《たの》もうか悩《なや》んでたんだよねっありがとう!!!!

貰《もら》ったパイをさくりとフォークで割《さ》いて頬張《ほおば》る。もぐもぐ。

うぬ、美味しい。美味しいものを食べながらなら、この状況《じょうきょう》でも前向きに考えることが出来るに違いない！　もぐもぐ。

――うん！　よし、切り替《きか》えよう!!

フォークを置いて、紅茶を一口飲んで、額に人差し指を当てる。

もしかしたら、フェイ先生が旅先で素晴《すば》らしい発見をして、私に素晴らしい方法で魔法を教えてくれるかもしれないし。実技免除されたから卒業に響《ひび》かない、ということは最早《もはや》学園で学ぶことに固執《こしつ》することはない。

むしろ、皆《みんな》の前で泥《どろ》だらけになりながら苦手な魔法をやらなくて良くなったんだから、事態は好転したと考えるべきではっ⁉⁉⁉

おお！　無くなったと思ってた希望が、戻《もど》ってきた‼‼‼

明るい未来を込めた目でサラを見つめると、片眉《まゆ》を上げ面白そうにくすりと笑う我が親友。

「持ち直したようで何よりね」

「うん！　魔法は気長に会得《えとく》することにして、目標は卒業‼　それ以外は考えないことにした‼」

元気よく宣言すると、サラに生温《なまぬる》い目で見られた。解せぬ。

「考えなさい、リーア。そして、もう少し周りに関心を持った方が、いいわよ？」

そうサラは言うと、左に目を向ける。……ああ、さっきから何やら騒《さわ》いでいる人達のことかな？　まったく、お茶くらい静かに飲みなさいよ。そして飲ませなさいよ。私の優雅《ゆうが》な時間が台無しじゃないか。

……あ、あれ？　サラからの視線が、何故か残念な子を見るような感じになったよ？

そ、それは、まあ、置いておいて。


その騒がしい人達は、今学園で話題の、正に『噂』の人達だった。


「――ですから、私に構わず、お好きにされればよろしいではないですか」

「そういうことを言っているんじゃない！　お前はいつだって――」

大声を上げる銀髪《ぎんぱつ》美少年と、冷静そのものの黒髪《くろかみ》美少女の二人組。

銀髪少年の方は、天敵を前にして尻尾《しっぽ》を丸めて威嚇《いかく》する子犬のようだ、っと危ない危ない、不敬罪になっちゃうところだった。何故かって？　銀髪の彼が、我が国《くに》の王太子殿下《でんか》であらせられるからだ。子犬とか言っちゃ駄目なんだよ？

今もまだ声を張り上げ続ける二人を見る。

あれが『王太子クリストフ・ルメール様VS公爵令嬢《こうしゃくれいじょう》アイリーン・ディラヴェル様』の喧嘩《けんか》か。噂には聞いてたけど実際に観《み》るのは初めてだ。

……ん？　あれ？　そう言えばあの二人、国が決めた婚約者《こんやくしゃ》同士だったような気がするんだけど。いくら人が疎《まば》らなカフェだからって、公然と喧嘩したら問題あり、だよね？？

生徒達にカフェの従業員、そして立場上は二人を諌《いさ》めるべき先生までが、彼らの位の高さに遠巻きにしている。気持ちは凄《すご》く理解る。誰だってあの喧嘩に進んで巻き込まれたくはない。

でも先生は駄目でしょ。ねえ？　先達たる先生よ。

それにしても噂になるほど頻繁《ひんぱん》に一体何の喧嘩してるんだろうあの二人は。――――ここは何でも知ってる万能《ばんのう》サラ様に聞いてみよう。

なにアレ？　という視線をサラに送ると、さあ？　という視線が返ってきた。

……うむ、説明するの面倒《めんどう》くさいんだねサラ。ということは、あの喧嘩に然程《さほど》興味を引かれなかった、ということですね、サラ。

理解っているよ、なんていったって私達親友だもんね。

ねー？　サラ。サラ？？　……え、ちょ、え？　私達、親友、だよね？

――――お願いサラ様！　その視線、やめてぇぇぇ!!!!

「待って下さい！　そんな言い方、殿下がお可哀想《かわいそう》です！」

「マリア！　私を庇《かば》ってくれるなんて、なんて優《やさ》しいんだ！」

サラと視線で遊んでいたら、新たな登場人物の女生徒が追加されたようだ。

今あの子、王太子殿下にもアイリーン様にも礼すらしないで会話に入っていったよ？

しかも無断で。二人の地位を知らずに、なーんてことは無いよね、殿下って言ってたし。

アイリーン様が何かを言う度に途中《とちゅう》で遮《さえぎ》る彼女。あれは人として失礼だ。

「……あれ、誰？」

思わず呟《つぶや》くと、サラが答えてくれた。

「ルージュ男爵《だんしやく》家のマリア嬢《じょう》。王太子殿下とディラヴェル公爵令嬢が喧嘩を始めると、いつの間にか彼女が居るのよ」

「え、なにその子怖い。しかも王族と公爵家相手だよ？　そんな可笑《おか》しなことが」

「起きているのよ、高確率で。現実に」

サラはなんでもないことのように、さらりと言う。

それってあそこにいるマリアさんが、何処かで王太子殿下かアイリーン様をずっと監視《かんし》でもしてなきゃ出来ないよね？　なにそれ怖い。

しかも、これだけ周囲が距離《きより》を置いているというのに、彼女はよくあんなに堂々と二人の間に入っていけるなぁ……。

私が感心してると、マリアさんが甘《あま》えた声で何事かを王太子殿下へ話しかけ腕《うで》に縋る。

うわ、婚約者でもないのにそれって不敬なんじゃゃ、と思ったけど、殿下は嬉《うれ》しそうだ。

……まあ、当の婚約者のアイリーン様の、あの冷たい眼差《まなざ》しの前じゃ、その気持ち分からないでもないけど、ねぇ。

周囲を置き去りにして、王太子殿下とマリアさんの手に手を取り合った二人だけの空間ができる。それを無表情で見つめる、殿下の婚約者であるはずのアイリーン様。

——そこへ、更に三人乱入者が増える。

「殿下、アイリーンが嫌がってますから」「君、僕《ぼく》のアイリーンに近づかないでくれる？」

「アイリーンに怒鳴《どな》らないで下さい、殿下」

このキラキラしい容姿の人達は、私も知ってる。アイリーン様親衛隊（笑）だ。

その三人、神官長子息に騎士《きし》団長甥《おい》に魔術師団長養子は、幼少の時からアイリーン様の側にいつも居て、彼女に好意を寄せていることで有名だ。そうかーここに来ちゃうかー。

でもその殿下への態度、行き過ぎに感じるんだけど、前からこんな感じだったっけ？

その有り得ない光景を、サラが冷静に解説してくれた。

「殿下との婚約で今迄《いままで》抑《おさ》えていた分、マリア嬢のあの非常識な行動に煽《あお》られて、彼らも非常識な行動を取り始めたのよ」

「うわぁ……え、じゃあ、アイリーン様って確か、他にも王弟殿下とか騎士団長とか色んな人とも噂があったけど、そっちも？？」

「ええ、余波でその関係が一部悪化しているわ。まあ、彼女曰《かのじょいわ》く、皆友人、らしいけれどね」

やっぱりそうなんだ、なんだかややこしいことになってるんだな。流石美少女は違うね！

「ねぇこんなの放っといて、私と裏庭へ行こう、アイリーン。綺麗な花を見つけたんだ」
「おいっこんなのとはなんだっ！」「抜け駆《が》けするなよっ」

はい、再びなにこれ。君たち、ここ公共の場って知ってるかな？？

アイリーン様の手を掴《つか》んでこの場から去ろうとする神官長子息、掴みかかる魔術師団長養子と騎士団長甥、に怒鳴る王太子殿下。それをまるっきり無視する三人。

おいおいおい、相手はこの国の王太子殿下。煽られたにしては結構な態度だよ？　彼らの家柄《いえがら》にしては、危険区域に達しているようにしか見えない。

「ねぇ、いいの？　あれ許されるの？」

周囲に人が集まり始めて更に騒がしくなってきたというのに、全くその態度を改めようとしない彼らを見ながら、素朴《そぼく》な疑問を投げかけると、サラは退屈《たいくつ》そうに肩《かた》をすくめた。

「さあ、いいんじゃない？　……国は乱れつつあるけど」

頭にどうでもいい、がつきそうなくらい投げやりに言うサラ。……ん？　なんか今大事なこと、言わなかった？

「次期国王であるはずの王太子殿下《でんか》の求心力のなさの露呈《ろてい》。加えて、それを補うはずの婚約者との不仲。更に、殿下の正式な婚約者である彼女を巡《めぐ》る対立」

険悪な雰囲気《ふんいき》の彼らを横目で見ながら、落ち着いた様子で紅茶を飲むサラさん。

……ねえ、それって、不味いんじゃないの？

そんな私の懸念《けねん》は素通《すどお》りして、それにしても、とサラは続けた。

「公爵令嬢よりも殿下の方が限界のようね。近々、ひと波乱ありそうだわ、どうでもいいけど。巻き込まれないように気をつけるのよ？　リーア」

ついに声に出してどうでもいいって言っちゃったよサラ！　それってどう気をつければ、良いのでしょうかねぇぇぇ!!

……はい、自分で考えろってことですよね？　……うーん……。

悩みながら、未《いま》だにいがみ合う王太子殿下達《たち》と、誰かに呼ばれたのか間に入ろうとオロオロしている素晴らしい先生を見る。

先程の事なかれ教師とは雲泥《うんでい》の差だな！　っと横道にそれた、そうそう考えるね、考える、考えて、かんが……。

―――うん！　さっぱり思いつかないねっ!!!!

だってどう足掻《あが》こうとも、私国の中枢《ちゅうすう》に関われないし、国の危機なんてどうにも出来ないよ？　……まあ、強《し》いて言えば、神殿《しんでん》に行って祈《いの》りを捧《ささ》げることくらい？

私が神殿で祈るのを想像する。

『おお神よ！　殿下の求心力を上げ、二人の不仲を直し、彼らを正気に戻し給え！』

……これ神様怒《おこ》るわ。頼みすぎて怒られるわ、私が。

どうしよう、もう出来ることなくなっちゃったよ。困った私はサラを見る。

「ふふっそうだったわ。リーアはリーアらしく、しか無かったわね」

楽しそうに笑うサラ様、の顔が丁度見える後ろから、何故か引き攣《しゆうしよう》ったような悲鳴が聞こえた。ああ、今のサラの顔を見ちゃったんだね。後ろにいる彼、ご愁傷様《しゆうしようさま》。

私らしく、か。うん、それなら出来るね！　つまり遠くからそっと応援《おうえん》すればいいわけだね！

まだ騒がしい声を聞きながら、私はサラ様から貰った美味しいパイを食べ終わるのであった。……じゃないじゃない！　後期を全て座学でってことは、今まで以上に頑張らなくちゃいけないわけで。彼らに構っている場合ではないわけで。

こうして私の、卒業を懸けた厳しい闘いの幕が開いたのだった。

∞　∞　∞　∞

学園内の購買部《こうばいぶ》で、私は鉄壁先生に言われた『実技免除』について、考えていた。

「あのー、後が詰《つ》まっているので、そろそろ持って行って欲《ほ》しいのですがー」

大人しそうな見た目に反して、眼鏡をキラリと光らせてキッパリと私を突《つ》き落《お》とす、購買部の彼女《かのじょ》。後ろをチラチラ窺《うかが》いながら、組んだ指先を頻《しき》りに擦《こす》り合《あ》わせている。

そんな彼女に、私は力の入らない喉から声を絞《しぼ》り出す。

「……コレを？？」「これを」

「一人で？？？？」「持って行ってくれるなら何人ででも」

――目の前には、大量に積み重なった、教科書たち。

そんな素敵《すてき》な友人が大勢いるなら、もうとっくにココにいる筈《はず》なんだぁぁぁぁ!!!!

一冊一冊が分厚い上に天井すれすれまで積まれた教科書たちを前にして、私は途方《とほう》に暮れる。

実技が免除されたということは、座学が増えるわけで。座学が増えるということは、授業で使う教科書が増えるわけで。教科書が増えたということは、目の前の山は減らないわけで。

――――つまりこれどうしよう。

「……台車、貸しましょうか？　なーんて貴族がそんな」「是非《ぜひ》お願いしますっ!!」「は、はぁ」

私の勢いに彼女は呆《あき》れたようだけど気にしない。

………第一貴族の体裁《ていさい》とかなんて、気にしても仕方がないんだ。

『魔術・実技』２点の私には、魔法で浮《う》かせたり収納させたりなんて芸当が出来ないから、持って行くには人力しか方法がない。

親切にも教科書を乗せるのを手伝ってくれた何人かに御礼《おれい》を言いつつ、台車を押す。

おわっ、崩《くず》れるかと思った!!　紐《ひも》とか何か縛《しば》るものが、「こ、これよかったらっ」……あっ、ありがとう何だか高そうな紐だけど使っていいのかな？　くれたってことはいいんだよねっ!!

御礼を言いつつ、親切な彼がくれた紐で教科書たちを固定して、再度台車を押す。

今度は崩れることはなかった。

ああ、よかった。これでこの教科書たちを運べそうだ。

周囲から好奇《こうき》の視線を浴びながら廊下を進む。というより重さで台車は独りでにどんどん進んでいく、加速していく。

おお！　これは楽チンだね!!　重さも感じないし、手を離しても進んでいくよ!!

さあ!!　そこで唖然《あぜん》とした顔で立っている君たち!!　最早私にコレの制御《せいぎょ》はできない。

——ほらほらっ!!　退《ど》かないと轢《ひ》かれちゃうぞ!?

∞　∞　∞　∞

そうして調子に乗った私の前に立ちはだかるのは、階段であった。

大量に積んだ教科書を乗せた台車の隣《となり》で、呆然《ぼうぜん》とする。——これ、どうしたらいいんだ。

とりあえず邪魔《じゃま》にならないように台車を脇《わき》に寄せる。

周りを見渡《みわた》して親切な人を探すが、あいにく人一人見当たらない。なんと運の悪い。

今私が居るのは学園の東塔《ひがしとう》一階。私が行きたいのは寮《りょう》の私室。東塔の二階に西塔《にしとう》と寮を繋《つな》ぐ連絡《れんらく》通路があるので、二階に上がりたいのだが。

台車に乗せられた本の数を見る。これ持つの無理。

だって私か弱い乙女《おとめ》だよ？　腕が折れちゃ、わないけど、疲《つか》れちゃうし。

「うーん、一冊ずつ持っていく？　いやいや日が暮れるって。……そうかっ!!　誰もいないから、投げちゃおう、そうしよう!!!!」

素晴らしい思い付きだ、さすが私!!　この辺りにはぶつかって割れる窓もないし、寮に着けば荷物を運んでくれる魔《ま》法陣《ほうじん》があるし。そう、私の障害はここの階段だけ。だから大丈夫《だいじょうぶ》。何処《どこ》も問題なし。むしろ誰かに、特に教師に、更《さら》に言えば鉄壁先生に見られる前に、早いところやってしまおう。――一番上の『魔素理論学』の教科書を手に取る。特に他意はない。単に取りやすかったしとっても重そうだから選んだだけだ。

よぉし!!　振《ふ》りかぶってなげ「きゃあああああああああああぁーーー」…られない。

恐《おそ》らく女生徒の悲鳴と思われる声に遮られて、本を投げる機会を失う。……え？　なに？？？

階段の上から聞こえてきたので、そちらに視線を向けると。

――階段から、人が転がってきた。

……って、えええぇぇえええぇぇぇえええっ⁉⁉⁉　か、階段から人がぁぁあ⁉⁉⁉

見事な回転を魅《み》せたその人は、そのまま私の足元で最後の一回転をしてピタリと止まる。す、素晴らしいっ‼‼　満点ですよ‼‼

思わず拍手《はくしゅ》をしていると、彼女が（驚《おどろ》くべきことに女生徒だった）起き上がる。

…………あ、貴方《あなた》は、あの時の、王太子公爵令嬢《れいじょう》面白《おもしろ》劇場の一人のマリア、さん？？

「いったーーい‼　だれかたすけてーー」

「えっ、だ、大丈夫《だいじょうぶ》ですか⁉⁉　マリアさんっ‼‼」

腕を押さえて大声を上げるマリアさんに、慌てて駆《か》け寄《よ》る。

その悲鳴は何処か棒読みだったけど、一階分の高さから落ちたんだから、最悪、骨を折って……あれ？？　傷は？？　腕を痛めたと思ったんけど、見た目は特に色が変わっているようには見えない。ここはちょっと失礼して、同性同士だから、ということで少しマリアさんの身体《からだ》を調べる。……何処を触《さわ》っても痛そうにしないね、マリアさん。これは無傷か？　いやそんなことは無いはず‼　あっ、肘《ひじ》に擦り傷《きず》がある、ってあの高さから落ちてこんな軽症《けいしょう》で済むの⁉　素晴らしい身体能力だね、マリアさん‼‼

ということは、これも劇の何かで、あの喜劇役者達の誰かが何処かに？？？

そう読んだ私は周りを見渡す。が、誰もいない。

これはお約束は始まらない、ということ？？　え？　じゃあ、これマリアさんのうっかり不注意で落ちちゃったってこと？

悩む私に、マリアさんの肩に添《そ》えていた手が掴まれて、ビクッと身体が驚く。……なんだ、マリアさんか。

「ルルリーアさぁん!!　殿下とかアイリーン様が出てきたらどうしようかと思ったじゃないか。私腕がとっても痛いの……。保健室まで、ついてきてくれる？」

「え？　え、ええ。まあ、いいですけど……？？」

擦り傷で？？　擦り傷で保健室？？　マリアさんってどれだけ箱入《はこい》り娘《むすめ》なんだろう。だが、箱入り娘なのにあの素晴らしい回転は一体何処で？？　……いいや、きっと素人《しろうと》には判らない何かがあるに違《ちが》いない。……ん？　あれ？　なぜマリアさんは私の名前を知ってるんだ？？

「ルルリーアさんてばぁ!!」

「あっはいはい、保健室ですね」

手を貸す意味も最早《もはや》解《わか》らないけど、とりあえずマリアさんへ手を差《さ》し伸べる。

うっ!!　マ、マリアさん、もうちょっと自分で歩いて……。

∞　∞　∞　∞

保健室は一階にあるのでとっても近い。……私、どうして付《つ》き添ってるんだろう。

「……擦り傷だけ、ですね。本当に階段から落ちたのですか？」

やはり擦り傷だけだったか。マリアさんは瞼《まぶた》を押さえて鼻を鳴らすだけで答えようとしない。自分のことなんだから答えなさいな、マリアさん。

そしてそこの保健医よ、何故《なぜ》連れてきたと言わんばかりの視線は、私ではなくマリアさんに向けて欲しい。だって、本人の願いなんだから私にはどうしようもない。

「マ、マリアァァァ⁉　大丈夫かっ⁉」

勢い良く保健室の扉《とびら》が開くと、銀色の塊《かたまり》が飛び込んできた。

げっ⁉　な、なんで、王太子殿下がっ⁉⁉　どう考えても来るの早すぎでしょう⁉

「で、殿下ぁぁ……マリアは、マリアは、とっても恐ろしくてっ」

「マリア……可哀想に……」

さっきまで顔を上げようともしなかったマリアさんが、見事な涙《なみだ》を浮かべて殿下へ縋り付く。

二人の空間が出来上がり、私と保健医はそっと距離を取る。マリアさんは何が怖《こわ》かったんだろうか。あれかな、自分の高い運動神経が怖いとかかな。

しつこく怖かったと言《い》い募《つの》るマリアさんを必死になって慰《なぐさ》める王太子殿下。……これはもう私お役御免《ごめん》だよね？　もう行ってもいいかな？？　なにせ私は今大量の教科書を運んで…………あっ。

手に手を取る二人の隣で、血の気が引く。

――思い出した、私忘れてたよ。大事な、大事な、面倒な事を。

「ルルリーアさんに、助けてもらったんですぅ」

「そうか、ええと、ルルリーア嬢。マリアを助けてくれてありが「とんでもございませんでは失礼いたしますぅぅぅぅ‼‼」……とう？？」

首を捻《ひね》る二人に最速の一礼をして保健室から出るために早足で扉へ向かう。一人残されることが決定した保健医の呻《うめ》き声《ごえ》は聞こえない聞こえない。

扉を出来るだけ音を立てないように素早《すばや》く閉め、一呼吸置いてから走り出す。

――やっちゃったよ教科書置き去りにしてきちゃったよ、先生に、鉄壁先生に見つかってたらどうしようぅぅぅぅぅ‼‼‼

走って戻った結果、台車は放置する前と変わらず、多分誰にも見つかっていなかった。

これ幸いと再び教科書を投げようとしたところを、結局体術の先生に見つかって怒られてしまった。

が、理由を話すと、先生は目頭《めがしら》を押さえながら、魔法《まほう》で寮まで教科書たちを運んでくれたのだ。なんて良い先生なんだ!!

これも私の日頃《ひごろ》の行いが良いからだねっ!!!!　さすが私!!

そう浮かれていたのも束《つか》の間《ま》、後日、鉄壁先生に呼び出されました。

そして、教科書を投げて運ぼうとしたその行為《こうい》を、みっちりきっちり怒られました。

………デスヨネー!!

∞　∞　∞　∞

――廊下《ろうか》を全力疾走《しっそう》する私。

走ることを想定されていない磨《みが》きぬかれた廊下を滑《すべ》って転ばないように、でも速度は下げないように、と細心の注意を払《はら》いつつも走り続ける、頑張れ私。

なんだかんだで頻繁に走っているものだから、廊下を走るコツが掴めてきたような気がする。本当は掴めちゃいけないんだけど、淑女《しゅくじょ》たるもの淑《しと》やかであるべきなんだけど。

でも大丈夫。今は人気《ひとけ》がないので、全力で走っても貴族令嬢《れいじょう》としての尊厳は保たれている、はず。それにしても遠いな!!　学園が広すぎるのがいけないんだ！

次の授業の教室は東塔、さっきまで居た教室は西塔。そしてその次の授業に間に合わなければ欠席扱《あつか》い即《そく》試験の資格なしとなる訳だ。走る足に力が入るというもの。

焦《あせ》りと運動による汗《あせ》がじわりと滲《にじ》む。

本当なら、こんな無茶《むちゃ》な授業の取り方、しないほうがいいんだけど、私には選択《せんたく》の余地がないという悲しい事実しかない。――――なんで『神聖魔法学』と『魔素理論学』の教室が、こんなに離《はな》れてるんだ!!!!　って先生同士の仲が悪いからだぁぁぁ！

だから大抵《たいてい》の人は、『アイツの授業受けやがって』という両先生からの険悪な視線に耐《た》えられず、どちらかの授業しか取らないんだけど、そこは私。後期を座学だけで卒業しなくちゃいけない私。背に腹はかえられない、腹も背にかえられない。

そんな視線くらいなら許容範囲内《はんいない》です。卒業か視線かと問われたら、卒業を取るに決まってるでしょう?

――いや今はとにかく走れ！　走るんだルルリーア!!

ここの角を左に曲がって階段を上がって右に曲がってまた階段を上がって……って道のりがまだ遠すぎるぅぅぅ!!!!

――ゴンッ!!

角を曲がった辺りで、後ろから重い物がぶつかる音が聞こえる。と同時に、私の手首にぐっと負荷《ふか》がかかる。正直すごく痛い。

そうです。重い物の正体は、例のあの私の教科書です。

手に持つには多すぎる教科書たちを袋《ふくろ》に詰めて引きずりながら、今まで走ってました。私の教科書よ、ごめんね？　でも、私の元に来た時点で諦《あきら》めてくれていれば、うん、嬉しい。

だって、他の生徒は魔法でなんとか出来るけど、『魔術《まじゅつ》・実技２点』の私にはそれが出来ないからね！　……あっ悲しくなってきた。ま、まあ、運べてる結果が同じなんだから、問題ない！　問題ない！　イイヨネ？　教科書タチヨ!!

そうこう考えているうちも、ガタガタガコガコ、廊下に音を響かせつつも、手首を痛めつつも、先へ進む。

――ここはとにかく耐えろ！　耐えるんだルルリーア!!

取《と》り敢《あ》えず今は間に合うことだけを考えるんだ!!

目の前の最後の一段を踏《ふ》み越《こ》える。

よ、よぉし！　階段を、上り、終わったぁぁ！　後は右に……ぬぬ！　人影《ひとかげ》がっ!!!!

「あ、ルルリーアさん！　ちょうどよかった!!」

急に例のマリアさんが死角から飛び出《だ》してきた。笑顔《えがお》の彼女を前に、頑張って足を止める私。い、痛っ!?　教科書が反動でふくらはぎにぃぃぃ!!!!

「ご、ごきげ、んよう。マリ、アさん」

痛みを堪《こら》えて息も絶え絶えになりながらも、淑女としての尊厳を保つために、今迄《いままで》歩いて来ましたけど？　を装《よそお》いながら、彼女へ挨拶《あいさつ》を返す。

あのねマリアさん、今私本当に、ほんとぉぉぉに、急いでるから手短にね!!

「あのー、ルルリーアさんってー、私と仲がいいじゃないですか～」

体をくねらせつつ両手を組みながらそう言うマリアさん。

それは疑問形のように言われたが、私とマリアさんが『仲が良い』と断定されたもので。

身に覚えのない私は頭を捻る。

え？？　いつ仲良くなったんだ？　私とマリアさん。あの衝撃的《しょうげきてき》な転落でしか接点がなかったと思うけど……。他に何かあったっけ？　特に何もなかったはずだけど……。

……じゃなくて!!　ああこれ直ぐに終わらない雰囲気だぞ？　でもそこは淑女、感情を表情に出しちゃいけないいけない。……しまった、つま先が勝手に動いているぅぅぅ!!

そんな私の空気を察してくれたのかくれなかったのかはわからなかったが、私が何も答えない内にマリアさんは結論を言った。多分、結論を。

「だから、私が困った時は、助けてくれますよね？」

上目遣《うわめづか》いで目を潤《うる》ませながら、甘えるように私に言うマリアさん。随分曖昧《ずいぶんあいまい》な言い方だな！　今困ってないなら、今現在進行形で困ってる私を解放してほしいよ!!

ああ！　もう授業まで、時間がない!!　取り敢えず濁《にご》しておこうそうしよう。

「そうですわね私に出来ることでしたら喜んででは失礼」

早口でそうマリアさんに答えると、彼女は納得《なっとく》した様子。それは良かった何よりこれ幸いと私は足早にその場を去る。

右に曲がればマリアさんから私が見えなくなるから、全力疾走。階段辛《つら》いけど全力疾走。しないと私の卒業が危《あや》うくなるのぉぉぉ!!!!

右に曲がった瞬間《しゅんかん》、一気に階段を駆け上《あ》がる。

後ろで再びガコンガコン音がするが、力技でなんとかする。しないと卒業できない。

ちらりと腕時計《うでどけい》を見ると、授業開始まであと三分。普通《ふつう》なら諦める時間だ。

だがしかし！　少しでも間に合う可能性があるなら、私は、それに、懸《か》ける!!

――――唸《うな》れ！　私の脚《あし》よ!!


そうした努力の甲斐《かい》があって、授業を受けることが出来た。

結局一分ほど遅《おく》れてしまったが、偏屈《へんくつ》で有名なおじいちゃん先生は、死にそうな私の顔を見て、何も言わず席を示して授業を始めてくれた。


よし！　これで卒業に、近づいたぞ!!

∞　∞　∞　∞

きらびやかな内装、天井《てんじょう》に吊《つ》り下《さ》がるシャンデリアによって、より一層キラキラかがやいて……うん、私の表現力の限界がきた。

今私は、王宮の一角の『翠緑《すいりょく》の間』という名のパーティー会場に居る。『王宮』という言葉で会場の豪華《ごうか》さを感じてもらえると嬉しい。

出席者は生徒が大半で、その保護者や王族や貴族、豪商《ごうしょう》と錚々《そうそう》たる顔ぶれの人達が出席してる大規模なもの。――――そう、王立ルメール魔法学園の卒業パーティーの真っ最中です。

生徒達はそれぞれ、気張ったドレスを着る人、最後の記念にと制服を着る人、と様々に過ごし、皆少しの緊張《きんちょう》と大いなる安堵《あんど》と未来への期待で顔を輝《かがや》かせている。

私もそのうちの一人。そう、出席者の一人。

ここ、注目してね？　『卒業』パーティーの出席者、なんですよ？

――――祝!!　私、卒業出来ました!!!!

ちょっと無理かと思ったよ私やったよぉぉぉ!!!!!!

あれから、サラの厳しい指導の下、ひたすら勉強し詰《つ》め込み授業を受け、学園中を全力疾走し……あれ？　甘酸《あまず》っぱい青春が、何処《どこ》にもなかったぞ？　……何はともあれ、その努力の結果、卒業出来たのだから問題ない。

「卒業おめでとう。タルボットさん」

「て、ヘレン先生！　ありがとうございます!!」

危うく鉄壁《てっぺき》先生と言うところだった、危ない危ない。

落ち着いたグレーのドレスを着た鉄壁先生はそんな私の失言には反応せず、鉄壁先生らしからず頬《ほお》を緩《ゆる》めている。そ、そんなに私のことを心配してっ！

「ああ、本当によかった。座学の教師も失うかと思ってました」

感激したように手を取りながら言われる。………そこ？　そこなんですか、私を何だと思ってるんですかぁぁ!!　鉄壁先生ぃぃぃ!!!!

——大丈夫、理解《わか》ってますよ。そんなこと言ってるけど、ちゃんと私の卒業を喜んでくれてるんですよね？？　ワタシ、感動、シチャウナー。

そんな私と鉄壁先生との感動の邂逅《かいこう》を引《ひ》き裂《さ》くように、それは始まった。

「アイリーン！　お前との婚約はなかったことにするぞ！」

突如《とつじょ》、この場に相応《ふさわ》しくない、何処かで聞き覚えのある震《ふる》えるような甲高《かんだか》い声がして、何かが始まった。静かに流れていた音楽は戸惑《とまど》ったように音を残しながら止《や》み、会場内はしんと静まり返る。王弟殿下の言葉も終わって今は歓談《かんだん》の時間の筈。なんだなんだ、どうしたんだ？？

「これは……」

そう隣で鉄壁先生が渋《しぶ》い顔をして小声で呟き、ある一点に顔を向ける。

私も先生につられてその方向を見ると、悲しいかな、いや予想通りというべきかな？

我《わ》が国の王太子、クリストフ殿下の姿が。マリアさんの手を引いて震えながら立ち、その目の前には婚約者《こんやく》のアイリーン様。うわぁ……。

青ざめた王太子殿下の周りから人が引いていき、円形にぽっかりと空間ができる。

漸《よう》く会場全体がこの事態を飲み込んだのか、ささやき声がざわめきに変わっていく。

「ああ、なんてことを……」

そう言って眉間《みけん》を押さえる鉄壁先生に掛《か》ける言葉が見つからない。デスヨネー。

この晴れの舞台《ぶたい》には、国の重鎮《じゅうちん》も他国の要人も居る。

だというのに、婚約者と喧嘩始めちゃった訳だよね？？　いや、喧嘩じゃないのか？

確か殿下は『婚約はなかったことにする』とか言ってたな……。

それ今じゃなきゃ駄目《だめ》なの？？　不仲は不仲でいいけど、何故、この和《なご》やかに談笑《だんしょう》している時に、そしてこの後戻《あともど》り出来そうにない場を選んだんだ、王太子殿下よ。

これが、サラが言ってた『ひと波乱』なのかな……。

空気が凍《こお》っていく周囲の温度に気付かず、殿下は更に続ける。

曰《いわ》く、婚約者である公爵令嬢《こうしゃくれいじょう》アイリーン様が、殿下の横にいる男爵令嬢マリアさんへ危害を加えたとのこと。未来の国母にあるまじきその行動を理由に婚約を破棄《はき》するのだ、と。

殿下がそう言った瞬間、鉄壁先生の顔が淑女とはかけ離れたものになった。うひゃあ。

「タルボットさん、失礼しますね」「あっはい」

そう私に断ってから、慌《あわ》てた様子の人々の方へ足早に移動する鉄壁先生。

この卒業パーティー、学園主催《しゅさい》だもんね……。見覚えのある先生達と一緒に奥《おく》へと消えていく。

うん、この事態の収拾《しゅうしゅう》は先生方に任せるとしよう。

一人きりになったので殿下の様子を窺うが、婚約破棄を撤回《てっかい》する気配はない。

それにしても婚約破棄をするにはちょっと無理のある理由だな。しかもその『危害を加えた』に何の根拠《こんきょ》もなさそう。……だけど引き返さない、と。

改めて渦中《かちゅう》の三人を眺《なが》める。

堂々と、というには腰《こし》が引けてしまっている殿下。その後ろの満面の笑《え》みを浮かべるマリアさん。少し青ざめているものの堂々とした美しい立ち姿のアイリーン様。

マリアさん（男爵家）とアイリーン様（公爵家）か……。その二人を見比べて、不意にこみ上げる笑いを慌てて扇《おうぎ》で隠《かく》す。

公爵令嬢と男爵令嬢の戦い、って。……ぷぷ。

周囲を見渡すと私と同じように扇で隠している淑女が大多数を占《し》めており、殿方《とのがた》は咳払《せきばら》いのふりをして口元を隠している。どうやら、皆様《みなさま》、お仲間のようだ。

加害者（公爵令嬢）と被《ひ》害者《がいしゃ》（男爵令嬢）。

この爵位の差では悲しいことに、よほどのことがない限り勝負にならない。殿下《でんか》はマリアさんを一体どうしたいんだ？？

マリアさんも良い笑顔だけど、この状況《じょうきょう》は喜んでいる場合じゃないと思う。

膠着《こうちゃく》状態の三人。氷のような視線で殿下を見るアイリーン様と、必死になって睨《にら》みつけている殿下を見て、私は殿下へ同情を寄せる。

確かに、殿下にも非はある。本来婚約者であるアイリーン様を連れて行くパーティーでもマリアさんを連れて行って、彼女を婚約者扱《あつか》いしてるらしいし。

――――でもさ、その『婚約者』であるアイリーン様が、あれだもんね。

アイリーン様の後ろには、例の噂《うわさ》になっている麗《うるわ》しい殿方達が、殿下を絞《し》め殺《ころ》すと言わんばかりの鋭《するど》い眼光で睨んでいる。もちろん親衛隊達（笑）もいる。

学園でも成績上位で賢《かしこ》く人当たりのよいアイリーン様。だと言うのに「好きにして下さい」と何故か冷たい殿下への態度。

周囲に優秀《ゆうしゅう》で美しい殿方を侍《はべ》らせ、かつ自分を嫌《きら》う婚約者。――――これじゃ、いくら国で決められた婚約でも嫌《いや》になるよ。私だって嫌だ。

そう考えると、この『婚約破棄騒動《そうどう》』も起きてしかるべきだったのかもしれないな。

っていやいやいや、そうじゃない。その悲しい関係には同情するけれども、婚約破棄なんて醜聞《しゅうぶん》は内々にするべきじゃないか？　そうだよ、そうするべきだよ⁉　少なくともこの場でやることじゃないよ殿下‼

それに、折角《せっかく》の卒業パーティーで浮かれた私の気分が台無しだよ‼

会場中の注目が集まる中、溜息《ためいき》を一つ吐《つ》いたアイリーン様がその睨み合いを終わらせ、殿下へ向き直る。

「マリアさんへ私が加えたという、その危害とは一体どんな行為ですの？　殿下」

「貴様…覚えてもいないのか！　貴様は、マリアを階段から突き落としたのだっ‼」

アイリーン様の問いに一際《ひときわ》大きく叫《さけ》んだ殿下。

その言葉に、静観していた人々がどよめく。

驚くのも無理はない。私も意外と明確な危害で驚きましたよ。だってそれが本当だったら、立派な傷害事件だものね。しかもまさかのアイリーン様が実行犯。これじゃあ、如何《いか》に公爵令嬢《れいじょう》でも貴族生命終わっちゃうわアイリーン様。というよりディラヴェル公爵家が、か。

貴族なんて所詮《しょせん》、評判で持っているようなところがある。公爵家が事件をもみ消そうとしても、こんな公《おおやけ》の場で糾弾《きゅうだん》されて故意に突き落としたと証明されたら、貴族としての評判、延《ひ》いては家名さえも地に落ちるわけだ。

家名が落ちれば社交界からは爪弾《つまはじ》きにされ、最悪評判の悪い領主として領民に反乱を起こされ、国王陛下に目をつけられ、ハイお終《しま》い。領地没収《ぼっしゅう》、爵位返上、こんにちは平民だ。公爵家だとしても、そこまで行く可能性は十分ある。……うぬ、世知辛《せちがら》いものだな。

完全なる他人事の気分で、やったやらないと言い争《あらそ》う二人をぼんやり見る。

――まぁそれも、『本当に』証明できればなんだけどね。

男性関係の噂や殿下への態度を除けば評判の良いアイリーン様が、そんな暴挙をするとは考えにくいし、マリアさんを突き落とす理由って嫉妬《しっと》？？　そもそも好きでもない婚約者のためにマリアさんを突き落とすなんて辻褄《つじつま》が合わない。

つまり殿下の言い掛《が》かりか。……こんな所で不満爆発《ばくはつ》させちゃった挙句、糾弾の根拠を証明できなかったら、やっぱり廃嫡《はいちゃく》、話の方向によっては死罪もありうるかなぁ、と殿下への同情を更に深める。

「ルルリーア・タルボット伯爵《はくしやく》令嬢っ!!」

「へっ、はいぃぃいっ!?!?」

え？　なになに？？　ぼんやりしてる所に、いきなり大きな声で名前を呼ばれちゃったから、淑女にあるまじき変な声出ちゃったよ。

どうも、私、ルルリーア・タルボットでございますが、何か？？

呼ばれただけでなく、何故か殿下が手招きをするものだから、仕方なく、本当に仕方なく、ぽっかり空いた舞台へ進み出る。――――私に何の用なのだろうか？

「ルルリーア嬢っ！　さぁ、すべてを正直に話すが良いっ!!」

王太子殿下が先程《さきほど》の追《お》い詰められた顔から一転して、何故か嬉々《きき》とした顔で期待に満ちた薄青《うすあお》の目をこちらに向けていた。

おっとぉぉ!?!?　こ、これは、ぼーっとして何も聞いてなかったとか言えない空気ですな。

『正直に』と言われても、私何を言えばいいのか、さっぱりわからないね!!

周囲をぐるりと見渡してみると、何故か私の発言を固唾《かたず》を呑《の》んで見守る紳士淑女《しんししゆくじよ》の皆《みな》さん。……うん！　とりあえず曖昧《あいまい》に濁そう!!

「は、はぁ……ええと」

「なに、アイリーンが公爵令嬢であるからと言って遠慮《えんりょ》することはない。私が保証しよう」

自分に酔《よ》った様子で、自信満々に言い放つ殿下。

何かを確信されてるみたいだけど、話を聞いてなかった私にはさっぱりわかりません。それに保証するって、何を保証してくれるの殿下？？　廃嫡寸前なのに？？　それよりも何よりもまず、私何を正直に言えばいいの？　全く見当もつかないよどうしよう。

必死に誤魔化《ごまか》そうと言葉を探していると、殿下の背後で守られていたマリアさんが、殿下の前に非常に堂々と出てきた。

「そうですよぅ！　アイリーン様が私を突き落としたのを、見てたでしょう？」

最早《もはや》その顔しかしないいんじゃないか？　と思うほど毎回見る潤《うる》んだ目と上目遣いを私に向けてくるマリアさん。

――あ、ありがとうっ!!　マリアさんっ!!!!　それが聞きたかった!!

なるほどなるほど、私はさっき殿下が言っていた傷害事件の目撃《もくげき》証言をするように言われているわけねっ！　……ん？　それなんだか重要な位置じゃないか？

だがしかし、私そんな大事件なんて見てない。一体いつの話？？

「半年前に、東塔で目撃したでしょう？」

またしても丁度聞きたいことを言うマリアさんスゴイな。うーん、半年前と言われても、私の記憶《きおく》にさっぱりないです。『見てません！』……なーんて言えないよねぇぇ!? この空気!!

マリアさんの後ろから物凄《ものすご》い目で私を見る殿下が、否応《いやおう》なく視界に映る。

これあれだね、『アイリーンが突き落としたって言わないと承知しないぞ』っていう目だね!! 腐《くさ》ってもドラゴン……廃嫡の危機であってもまだ殿下は王族だもんなー。

どうしようかなー。『はい見ました』って言って、権力という長いものに巻かれちゃった方が良いかなー。

なんて日和《ひより》見なことを考えていたら。

――ぞわわわわわわっ

生まれてこの方、これ程《ほど》の殺気に包まれたことはなかった。一気に冷《ひ》や汗が吹《ふ》き出《で》て、背中を伝う。――なにコレ怖いぃぃぃ!!!!

私の後ろから複数の人間が倒《たお》れたような音が聞こえる。間違《まちが》いなくこの殺気の所為《せい》だ。

誰《だれ》が放った殺気だろうかと、ゆっくり視線だけ巡《めぐ》らせると、アイリーン様の後ろにいる『氷の騎士《きし》』の二つ名に相応《ふさわ》しい凍《こご》えそうな無表情、に反した焦《こ》げ付くような殺気が込められた薄氷《はくひょう》の目と目がばちりと合う。――――あっちゃったぁぁぁ!!!!

その殺気に冷や汗が止まらない、私はか弱い乙女。

こ、こいつは、騎士のはずの騎士団長だぁぁ！　騎士は淑女に優《やさ》しくするべきなのに私淑女のはずなのにぃぃ！　殺気ぶつけられてるぅぅ!!　……どうやら騎士といってもその前に男というわけですか。愛する女性の前では他の女など女ではないようだ。酷《ひど》い。

こんな殺気を飛ばされちゃ、真実を言うしかないじゃないか。

騎士団長の殺気に悲鳴を上げそうな喉《のど》を気合で押さえ込み、殿下《でんか》へ一礼する。

ちょっとギクシャクしてしまったのはしょうがない。すべてこのか弱い淑女である私に遠慮なく殺気をぶつけてきた、あの騎士団長が悪い。

「申し訳ございませんが、私見ておりません。殿下」

はい、騎士団長の殺気という長いものに巻かれましたー。ごめんね殿下。

だってあの人怖いんだもん。殺気ってあれだよ？　殺そうとしてるものに対してぶつける気なんだよ？　――――私、命、すごく大事!!!!

その私の返答に、明らかに動揺《どうよう》する殿下とマリアさん。

「なっ、貴様！　嘘《うそ》を申すでないっ!!」

「いえ、殿下。そのような一大事、もし私が目撃しておりましたら、その時に学園へ報告しております」

淡々《たんたん》と事実を殿下に伝える。……これで大丈夫かな？　段々と騎士団長からの殺気が弱まっていく。ああ怖かった！　もうココ嫌です父様母様兄様助けて、今すぐお家《うち》に帰りたいぃぃぃ！

「そんなの嘘よっ!!　もしかしてルルリーアさん、アイリーンに脅《おど》されてるんじゃないのっ!!」

マリアさん、猫《ねこ》落ちてる落ちてる。公爵令嬢を呼び捨てって……。うわあ、アイリーン様の後ろの信奉者達《しんぽうしゃたち》の空気が、どんどん悪くなってるよ。

殿下達を遠巻きにしていた人達が、その空気に押《お》されて更に引いていく。……ああ、私も引いていきたい!!!!　そっち側に行きたいぃぃぃ!!!!

なのにまだ殿下とマリアさんは解放してくれそうな雰囲気《ふんいき》じゃない。いやだから、私ホントそんなの見てないんだって!!　早く納得して私をアチラ側へ行かせてくれぇぇぇ!!!!

視線で殿下に訴《うった》えかけるも気付いてくれる様子はない。それどころか血走った目で私に詰《つ》め寄って私の主張に納得する気配が微塵《みじん》もない。何故だ。

「そう言われましても……」

「だって！　ルルリーアさん、あの時私のこと心配して保健室へ一緒《いっしょ》に行ってくれたじゃないっ！」

ん？？　保健室？　マリアさん？　半年前、落下、東塔………。

「あーーーー!!!!!!」

思い出したぁぁ！　すごいすっきりしたっ!!!!

いきなり叫びだした私に、婚約破棄を言われた時でさえ然程《さほど》動揺しなかったアイリーン様が、何故かびくりと身を竦《すく》ませ、血の気が完全に引いて白い顔になった。

え、大きい声出しちゃったから？？　それは申し訳なかったアイリーン様。殿下もびくりと身体を震わせていた。重ね重ね申し訳ない。

そんな殿下とアイリーン様とは対照的に、思い出した私に満面の笑みで頷《うなず》くマリアさん。

うんうん！　私もスッキリしたよ！　と、笑みを返して答える。

「マリアさんが転んでしまった時、ですねっ！」


「え？」

「は？」

「はぁ？？」


　アイリーン様、殿下、マリアさんの順です。おやおや、マリアさん被《かぶ》った猫も逃《に》げ出すような低い声出しちゃってるよ？？

　しかし思い出したからには、私、きちんと証言出来るよ!!　なんだなんだ、あの満点回転の時のことかー。やれやれ、これで漸く解放されるね!!

「思い出しました!!　マリアさんが、アイリーン様が突《つ》き落《お》とした、なんて仰《おっしゃ》るから全然思い出せませんでした。マリアさんが階段から落ちてきた、あの時のことだったんですね！」

　思い出せてすっきりした上に、ちゃんと証言が出来たことでニコニコする私へ、責めるようにマリアさんが詰め寄ってくる。―――え？　何故《なにゆえ》に？

「だからっ！　その時に、私アイリーンに突き落とされたのよっ！」

「え？　あの時アイリーン様いらしたの？？　気づきませんでした」

キョトンとする私。だってあれって、ただマリアさんが階段の上から転がってきただけだったよね？　それにしてもよくかすり傷ですんだよねぇ。

そんな私の返答に、マリアさんが何故か我が意を得たりと言わんばかりに頷く。どの辺で何を得たんだ？　マリアさんよ。

「ルルリーアさんは見えてなかったかもしれないけど、あの時、私の後ろにアイリーンが居て、そこから私を突き落としたのよ」

「それはありえません」

即答《そくとう》する私。すると、マリアさんがまるで戦闘《せんとう》中のオーガのような顔で睨む……って乙女《おとめ》がそれでいいの？？

―――でもね、そんな顔されても、ありえないことはありえないのだよ、マリアさん。

「私階段の下にいましたし、その位置からアイリーン様が見えなかったということは、マリアさんの後ろにアイリーン様は居なかったということです。居ない人がマリアさんを突き落とすのは、不可能ですよ？」

ちなみに他の誰も居ませんでしたとダメ押しすると、殿下とマリアさんは魂《たましい》が口から出たかのように、勢いを失くした。

………マリアさんは、自分で階段から落ちて、アイリーン様に罪を着せようとしたのか。王太子妃《ひ》の座でも、狙《ねら》ってたのかなぁ。それはまた力技な……。

何とも言えない空気が会場を包《つつ》み込む。

こうして茶番劇は幕を閉じたのであった。ちゃんちゃん。

∞　∞　∞　∞

結局のところ、王太子殿下の申し立ては虚偽《きょぎ》であったと、アイリーン様信奉者の一人である王弟殿下が何やら嬉《うれ》しそうにそう判決を下した。……あれ、完全に『狙ってたアイリーンが婚約者無しになるぞ、よし！』って喜んでるな。

呆然《ぼうぜん》とした様子の王太子殿下《でんか》とマリアさんは、仲良く騎士様方に連れて行かれた。これは殿下廃嫡《はいちゃく》決定だなー。マリアさんはどうなるのかなー。

騒《さわ》ぎのせいでぽっかり空いていた場も次第《しだい》に埋《う》まり、その流れに乗って私も人に紛《まぎ》れる。

うーん。私の証言がなんだか決定打、みたいになっちゃったな。

でも、嘘は言えないもんね！　途中《とちゅう》、王家の権力に負けそうになったけど、結果的に正直に証言したのだから、全く問題ないね‼


この喜劇を隠すように、まるで何事もなかったかのように、卒業パーティーは和やかに続く。

今、この国の王太子殿下が連れて行かれたんだけどな……。ココでも殿下の求心力のなさが露呈《ろてい》したか。ま、私だって卒業パーティー楽しみたいもんね‼

そう先程の出来事を他人事のように考えていた私に、予想外の障害が立ちはだかった。

なんと、王太子殿下の所為で妙《みよう》に目立ってしまった私のところに、位の高そうな、面倒《めんどう》そうな人達が近寄ってきたのだ！　私に何用があるというんだ‼　あれ以上の何かは持っていないぞ⁉　私‼‼

こういう時、サラの隠遁《いんとん》術が欲《ほ》しくなる。

我が親友のサラは美少女の癖《くせ》に、パーティーや普段《ふだん》過ごしてる学園内ですら何故か誰からも注目されない、という特技を持っている。今だってこの会場に居るはずなのに、サラの影《かげ》も形も見えない。今物凄くその技術が欲しい！　本人曰く『他人の視線の先と行動予

測をすれば、大したことじゃないわ』ってその予測が無理なんですけど⁉

――――そう、出来ないことは出来ないのだ。

ということで、私はひたすら人影に隠れ続けた。

私は私なりのやり方、そう、誰か他人を盾《たて》にして逃《のが》れる術しかない。

ごめんね、確かウチより格上の伯爵位《はくしゃくい》なおじさまに話しかけられちゃった、平民の彼《かれ》よ。

どんな進路をとるかは知らないけど、これを機に頑張《がんば》って出世してくれたまえ。

こうして数多《あまた》の人々が尊い犠牲《ぎせい》となったが、そのお陰《かげ》で私は誰にも捕捉《ほそく》されなかった‼

まさに私の大勝利である‼


そうして、形だけ平穏《へいおん》にパーティーは解散となった。

最後まで何も説明はなかったけど、殿下やマリアさんは結局どうなるんだろうなぁ。まあ、後は国王陛下のご判断、だろうけどね。

あぁ……あの騒動《そうどう》とその後の偉《えら》い人攻撃《こうげき》で、せっかくの卒業パーティーが台無しになった気分だけど気にしないようにしよう。

見渡《みわた》しても会場にいるはずの家族が見当たらない。流石我《さすがわ》がタルボット家の地味なこと。

早く皆を見つけておうちへ帰り「ルルリーア・タルボット様？」……うん、カエリタイ。

折角《せっかく》逃《に》げ切《き》ったと思ったのに、後ろから呼び止められたので渋々《しぶしぶ》振り返《かえ》る。もうパーティーは終わったものと油断したぞ、まったく。

私を呼び止めたのは、だーれーだぁー？？

「ルルリーア・タルボット様。アイリーンお嬢様《じょうさま》が、是非《ぜひ》一言御礼《おれい》を、と。こちらへお越し頂けますでしょうか」

優雅《ゆうが》に礼をする、無駄《むだ》に美形なアイリーン様の従者が目の前にいぃぃぃ!?

――おうち、とおい。ぐすん。

「これはご丁寧《ていねい》に痛み入ります。私などに御礼などと……ただ事実を申し上げたに過ぎません」

帰りたい気持ちを押し隠してにっこり微笑《ほほえ》みつつ、物凄く遠回しに行きたくないと言う私。

アイリーン様よ、私に御礼がしたいというのならば、私を放っておいてくれることこそが御礼だと思うの。切実にそう思うの。

すっぱり断りたいけど、私は伯爵家《はくしゃくけ》の娘。公爵令嬢に誘《さそ》われちゃ帰れないじゃないか！

案内にということだろう、紳士《しんし》らしくエスコートとして手を差《さ》し伸《の》べてくる従者どの。

……行くしかないのか？　やっぱり行くしかない、ですよね……。

その手を断り彼の先導に従って、トボトボと歩く。

そんな私を引き連れて、従者どのは帰る人の流れに逆らいながら進む。帰りたい羨《うらや》ましい。

従者なのに何故《なぜ》か有名で人気ある従者どの（名前は知らない）へ、まだ残っている卒業生達から熱い視線が注がれる。ついでに私にも視線が飛んでくる。冤罪《えんざい》だ。

そんな視線など慣れているのか気にせずに、彼は私へ上品な笑みを向けた。

「とんでもございません。あの場で、王太子殿下に乞われるなか、堂々と事実を話すなど中々できることではございません」

私を持ち上げるかのように褒《ほ》めてくれる従者どの。

別に礼なんて良いと言った私の言葉はさらっと無視された訳だね、そうかそうか。そして今のは褒め言葉《ことば》のはずなのに、私褒められてる気が全くしない。

それもそのはず、従者どのの笑顔がなんだか薄《うす》ら寒《さむ》いからだ。……もしやさっき、証言を日和《ひよ》ろうとしたの、騎士団長だけじゃなくてこやつにもバレていたかっ！

取り敢えず誤魔化すように従者どのへにっこりと笑うが、その整った顔に更《さら》に笑みを乗せて返された。ちょっと従者どの、目が笑ってないよ！　むしろ威嚇《いかく》されてるんじゃないか??　私、伯爵令嬢なのにぃぃぃぃ!!!!

背中に冷や汗をかきながら、乾《かわ》いた笑みを浮《う》かべつつ、世間話やら社交辞令やらを言ってくる従者どのの後ろを、生返事をしながらひたすら歩く。………アア、オウチカエリタイ。

しっかしホント、アイリーン様は、見事に色々な殿方に好かれてるよね。しかも全員美形……。べ、べつに羨ましくなんてないんだからねっ！　家に帰れば、イケメン……に見えなくもない兄様にかまってもらうんだからいいんだもんねっ！

と、現実逃避《とうひ》してる間に到着《とうちゃく》したようだ。会場に併設《へいせつ》された控室《ひかえしつ》の一つの前で立ち止まる。ああ、折角帰ろうとしたのに戻《もど》って来ちゃったよ。

従者どのが軽くノックをすると、これまた美人で有能そうな侍女《じじょ》が顔を出す。アイリーン様の侍女かなー、いいなー。

「ルルリーア・タルボット様をお連れ致《いた》しました」

「どうぞこちらへ」

アイリーン様の侍女（仮）に案内されて静々《しずしず》と室内へ………入らなきゃいけないんだけど、入りたくない。けどもうここまで来たら入るしかない。

……ああかえりたい、すぐかえりたい、いまかえりたい。

「お嬢様、ルルリーア・タルボット様がいらっしゃいました」

「どうぞお入りになって」

そう、アイリーン様に言われて入った室内を見て、一言。


――――本当に、もう、かえっていいかなぁぁぁぁぁ!!


魂を一瞬他所《いっしゅんよそ》へ飛ばしてから、カーテシー。なるべく優雅に見えるよう努力努力。

「お呼びに預かりました。タルボット伯爵家が娘《むすめ》、ルルリーアでございます」

はいはい、丁寧過ぎじゃないかって？？？

アイリーン様だけだったらこんなことしないですよ、そうですよ。

「うむ、よう来たの。我らのことは気にせず、そう硬くなるでない」

「ご配慮《はいりょ》頂き光栄に存じます。陛下」

はいそうです、我がルメール王国の国王陛下です。

顔上げらんないですよ、上げたくないですよ。

気にせずとか言われても国王陛下だからね？　無理に決まってるだろうがぁぁぁぁ！

パーティーには出席されてなかったのに、なんでココにぃいぃい⁉⁉　はっ、もしや鉄壁先生達《たち》が呼んだのかっ⁉　でもなんでココにぃいぃい⁉⁉

視界の端《はし》には陛下以外の方々も見える。……そうだよね、陛下は予想出来なくても、他の方々は予想通りだったね……。

あぁ、こういう時か弱いご令嬢《れいじょう》であったのならば即《そく》気絶で後日改めて、だったのにっ‼

この状況にも負けない、無駄に太い我が神経が憎《にく》い……。

さてと、部屋にいる方々をご紹介《しょうかい》しようか、上からね。……別に現実逃避じゃないからね？

失礼にならない程度に、視線を少し上げる。

我が国《くに》の頂点、国王陛下。威厳《いげん》もたっぷりに髭《ひげ》を撫《な》でつつこちらを見ている。

社交界の貴公子、王弟殿下。長い足を組みながら甘い笑み《あまえ》を浮かべてこちらを見ている。

毒舌《どくぜつ》の隣国《りんごく》の第二皇子。玲瓏《れいろう》な美貌《びぼう》に笑顔を作ろうとして失敗しつつこちらを見ている。

最恐の騎士団長（殺気野郎《やろう》）。いつも通りの無表情鉄仮面でがっつりこちらを見ている。

孤高の学園長（侯爵《こうしゃく》閣下）。鋭い美貌をほんの少し緩めてこちらを見ている。

アイリーン様（公爵令嬢）。噂に違《たが》わず麗しい顔に嬉しそうな笑みでこちらを見ている。

その後ろに、今一緒に来た従者どの、と。

……言っていいかなぁぁ？　権力密度高っ！　しかも皆コッチを見てるぅぅぅ!!

控室に備え付けられたソファに、アイリーン様を囲むように座《すわ》りつつ寛《くつろ》いでいる皆様。いやだココに交ざりたくない。開いてる場所が陛下の目の前しかないよ、アソコに座りたくない。顔を上げたくない。ワタシ、オウチカエリタイィィィ!!

「陛下の言われた通り、そんなに硬くならずに顔を上げて？　気楽に、ね？」

そう、爽《さわ》やかにのたまうのは王弟殿下だ。気楽にとか簡単に言わないでくれ、その麗しい金髪《きんぱつ》を引きちぎってやりたい。……不敬罪になるか。

「そちらに掛けられよ。ルルリーア嬢」

その前に（卒業したけど）貴方《あなた》の可愛《かわい》い生徒を、この苦境から逃してくれませんかね、学園長。……してくれないか。

「……………………失礼致します」

学園長に指定された席はやはり陛下の目の前だったが、なんと、騎士団長（殺気野郎）、の隣《となり》だとっ⁉　………座りたくない、座りたくないけれど我慢《がまん》我慢。

さっさと終わらせて貰《もら》ってさっさと帰ろう。せめて騎士団長から出来る限り遠くに座ろう。

どう見ても失礼な程距離《ほどきょり》をとって座るが、騎士団長（殺気野郎）は全くの無表情だ。よし、お咎《とが》めなし、だな。一安心。

私が座ると、王弟殿下が代表するかのように話を始めた。

「あそこで真実を語ってくれて助かったよ。ルルリーア嬢」

「貴族として、当然のことをしたまでにございます。王弟殿下」

――――社交界で不動の地位を誇《ほこ》る王弟殿下は、浮名《うきな》を流しつつも特定の相手を作らず、どんなに美しい淑女《しゅくじょ》でも笑顔で拒絶《きょぜつ》することで有名だ。

柔《やわ》らかな雰囲気の美丈夫《びじょうふ》であらせられる王弟殿下が、親しげに私に話しかけてくる。

……なんで私に親しげなんだ、解せぬ。

「謙遜《けんそん》をするな、ルルリーア嬢。あの衆目の場にあって中々堂々としていたぞ」

「お褒めに預かり、恐縮《きょうしゅく》でございます。学園長」

誰かを褒めたことなど噂にすら上らない学園長が、その厳格だが麗しいご尊顔を緩めてこちらを褒めてくる。――――その美しさのあまり求婚者《きゅうこんしゃ》が後を絶たず、それを振《ふ》り切るために学園長となった経緯《けいい》は学園の常識だ。

………なんで私を褒めたんだ、解せぬ。

「私ではあの場で発言することも出来ませんでした。本当にありがとうございます」

「お心遣《こころづか》いありがたく頂戴《ちょうだい》させていただきます。ハロルド皇子様」

毒舌で有名な隣国アルファイド皇国第二皇子が、嫌味《いやみ》を一言も入れず感謝の言葉を述べてくる。――――皇子に相応《ふさわ》しく涼《すず》やかな美貌を持つが、女は軽薄《けいはく》だから嫌いだと公言しているのは皇国でも我が国でも広まっている。

……なんで私に嫌味を言わないんだ、解せぬ。

「…………」

なんか言いなさいよ騎士団長（殺気野郎）！　今のは私に何か一言言う流れでしょうが、空気読まないの？　いやそれはいいか。

その空気を読まない彼、氷の騎士と名高い騎士団長（殺気野郎）は、その名の通り冴《さ》え渡《わた》る美貌をピクリとも動かさない。――――そしてこの騎士団長（殺気野郎）もどんな美姫《びき》にも靡《なび》かないことで有名だ。

……そして私に何も言わない、解せる。

そう、騎士団長（殺気野郎）の態度のほうが納得《なっとく》できる。

ここにいる人達は皆有名な女嫌い。そんな人達にここまでの態度をされると、もしかして……なんて勘違《かんちが》いするより薄気味悪《うすきみわる》い。

と言うよりもまず、この部屋に集まった方々の女嫌い率高すぎる。なのに全員アイリーン様にだけは好意を抱《いだ》いている、と。

これはもしやアイリーン様、精神操作系の魔法《まほう》でもかけてるんじゃ？　……なーんてね。

そんな邪推《じゃすい》をしていると、そのアイリーン様が座ったまま優雅に一礼する。

「ルルリーアさん。私からも御礼を。……あのように言っていただけると、思いませんでしたので……」

最後の一言と共に憂《うれ》いを含《ふく》んだ笑みを浮かべると、周りの男ど……方々が一斉《いっせい》に慰《なぐさ》め始める。騎士団長は相変わらず無言無表情だが。

――茶番第二弾《だん》だな、これ。

とんでもございません、と周りの声に紛れさせて返答する。はやくおうちかえりたい。

もうこれ私いなくていいじゃん。

アイリーン様がちやほやされているのを横目に、陛下が私に声をかける。

「というわけでな。正式には無理であるが、内々にそちに褒美《ほうび》を取らせようと思うてな。欲しいものはあるか？」

はいきたーーーーー!!　なんかきたーーーーー!!

陛下のその言葉に、顔が引《ひ》き攣《つ》るのを感じる。それいらないよ、ほんといらないよ。我《わ》がタルボット家は弱小貴族で父様母様兄様全員胃腸が弱いんだから、褒美とか貰って王族と何か繋《つな》がりがあるとか思われたら困るんだ、勘弁《かんべん》してくださいい陛下。とは言っても断れないいし、私王家にお願いするほど欲しいものとかないし。

――さあ！　今です兄様！　降臨したまえぇぇぇ！


……無情にも幻影《げんえい》の兄様に断られたようだ。実の妹の願いだというのに。

仕方がない、自分で無難なものを必死で思い浮かべるしかないか。と、閃《ひらめ》いた私天才か⁉

そう、そうであるっ‼　私ってば、まだ父様に庇護《ひご》されている伯爵令嬢であるっ‼　だから我が家《や》に、ということで父様に丸投げしちゃおうっ‼‼

「では陛下。ご温情に縋《すが》りまして、一つ、よろしいでしょうか」

素晴《すば》らしい思い付きに内心ウキウキしているのを隠しつつ、陛下へ浅く頭を垂れる。

「うむ、よいぞ。申せ申せ」

浮き立《た》っているのがあまり隠《かく》せていなかったが、陛下は気にせず鷹揚《おうよう》に応《こた》えて下さった。

その私の態度に、若干《じゃっかん》周囲の空気が冷たくなったような気もしたが、気にしない。そんなのを気にしたら負けです。

あ、もしかして褒美に喜んでるとか思われたかな？　別になんでもいいけど。

「我がタルボット家家長である父に、賜《たまわ》りたく存じます」

「ほうほう。もちろんよいぞ」

「ありがたき幸せに存じます。つきましては、後日父がご尊顔を拝しますゆえ、平にご容《よう》赦《しゃ》下さいませ」

はい、ソファから立ち上がって、カーテシー、カーテシー。

よしよし、父様に丸投げ完了《かんりょう》。後で胃薬買ってから帰ろう。父様が胃を痛めるのは想像に難《かた》くないからね。――――おお、神よ、父様の胃を守り給《たま》え。

王家からの褒美を無事引き継《つ》げたことに満足していると、陛下から含み笑《わら》いが聞こえてきた。

「欲のない娘よの。此処《ここ》には結婚《けっこん》相手が選《よ》り取《ど》り見取《みど》りであるに」

「陛下」

楽しげにそんなことを言う陛下を睨《にら》む王弟殿下《でんか》。

いやいやこっちも嫌ですから、此処にいる方々と結婚とか願いませんよ。どう考えても、面倒な結果になる未来しか見えない。第一そんな事態になったら、我が家の胃薬がいくつ在っても足りなくなるだろう、父様母様兄様用の。

なので、陛下の言葉は申し訳ないがノーコメント。笑顔って便利だよね！

二人の言葉には触《ふ》れずにいると、陛下がほうと感心したように、その豊かな髭を撫でる。

確かに条件と外側だけ見れば、結婚相手には皆様《みなさま》最適だから、年頃《としごろ》の子女が食いつかないのは珍《めずら》しい、ということかな。

だがしかし！　私は食いつかない!!　その気持ちを込めて、更に追加して陛下へ笑顔を返す。

笑顔で押し切ろうとする私を訝《いぶか》しげに見る王弟殿下、を見て楽しそうな陛下。

そんな三人のやり取りに、アイリーン様が怖《お》ず怖ずと入ってきた。

「あ、あの。もしよろしければ、先程の御礼も兼《か》ねて、来週私が主催致《しゅさいいた》します我が家の茶会にご参加いただけませんこと？」

躊躇《ためら》いがちではあるものの、アイリーン様は期待に満ちた笑《え》みを浮かべてこちらを窺《うかが》う。

何故この場で言うのかはともかく、侯爵《こうしゃく》家主催《しゅさい》の茶会に誘うってことは、私と友人になりたいのかアイリーン様。公爵家が我が弱小伯爵家とよしなになっても、全く意味ないもんねぇ。

そういえば、マリアさんもそうだったけど、アイリーン様って友人少ないよね、というよりも信奉者以外だと居るのか？？　学園でもいつも親衛隊（笑）に囲まれてたし。その麗《うるわ》しい顔を期待で輝《かがや》かせながらこちらを窺うアイリーン様は、確かにとても可愛らしい。だけどなぁぁ周りのやろうど……方々！　そんなあからさまにデレデレしない!!

……騎士団長はこんな時でも無表情なのか。それじゃアイリーン様に嫌《きら》われちゃうぞ？

別にいいけど。おっと忘れるところだった、友人づくりのお茶会、ね。

私とアイリーン様の爵位の差から考えても、それの出席を断ることは出来ない。

――――だがしかし。


「お招きありがとうございます。よろしければ、サラ・ウェール伯爵令嬢もご一緒させて頂けませんか」


その私の言葉を聞いて、ぴしりと固まるアイリーン様。

はいそうです、友人お断りの常套句《じょうとうく》ですからね。

誘われた茶会に親しい友人を一緒に行かせてくれということは、茶会中は友人と居るから貴方とはあまり親しくならんよ、という意味合いになるのだ。その反応を見る限り、やはり私と友人になりたかったようだね、すまんなアイリーン様。

だけどもね、もし仮に私が貴方と友人になったとしよう。そうしたらもれなくこの部屋の全員がついてくる訳だよね、いやだよ。

それに悪いいんだけど、アイリーン様みたいに押しに弱そうな、無自覚に殿方《とのがた》を侍《はべ》らせている人って苦手なんだよねぇ。これは完全に私の好みの問題。

――と、いうわけでアイリーン様、友人はお断りさせて頂きます。

ああ、ごめんよ、我が友《とも》サラ。名前出《だ》して巻き込んじゃった、てへ。

心の中でサラへ謝《あやま》るも『見返りは何にしてもらおうかしら？』と聞こえたような気がしたけど、私達親友だよ？　きっと気の所為。そうそう、気の所為……だよね？

私の返事を聞いてからアイリーン様は固まったままだ。それを見て、またしても殺気立つ野郎ども（もうこれでいいや）。

「公爵《こうしやく》家の心遣いに応えないとは、随分《ずいぶん》思い上がったものですね。……これだからアイリーン以外の女は嫌《いや》なんだ」

お、毒舌が復活したな皇子様。が一体何を言ってるんだ？　この皇子。

その言葉の意味がわからないよ。友人を選ぶ自由くらい、男女問わずあるだろうが。これが皇子で皇国大丈夫《だいじようぶ》なんだろうか？　まあ、さっきまでの薄ら寒い態度よりこっちのがいいわ。……別に私はマゾとかじゃないけどね？

毒舌皇子の他にも、目を細めて不快感を出す王弟殿下に、迫力満点《はくりょく》の美貌で顔を顰《しか》める学園長。……騎士団長からは特に無い。ここでも周りと合ってないなこの人は。

――だけどね。

おいそこの三人!!

睨みつければ私が言いなりになるとか、まさか思ってないだろうなぁ!!

売られた喧嘩《けんか》は買うのが上等。『お前の図太さが俺《おれ》に少しでもあれば出世するのに！』と兄様が嘆《なげ》くほど、肝《きも》が据《す》わってる私でございます。

扇子《せんす》を少し開いて口元に当て、少し俯《うつむ》く。多少芝居《しばい》がかって態《わざ》とらしく見えようが知ったことではない。

「まぁ、それは申し訳ございませんでした、アイリーン様！　……来週、サラと約束をしておりましたので、つい」

さらっと毒舌皇子を言葉を無視して、その他二人の視線も無視して、アイリーン様にのみ返答する。まあその予定も真っ赤な嘘な訳だが、ふらっと行くこともあるしいいよね？　サラ。

そう白々しく演技をする私を、不機嫌《ふきげん》そうに見る野郎ども（無表情騎士団長と笑う陛下を除く）。だがそんな人達に、もう遠慮《えんりょ》なんてしません。

大体なんなのよ、アイリーン様が希望して頷かない私に、圧力でもかける気⁇　まあ従う気は、さらさらないがな!!

なんだか逆に残念な気持ちになってきたよ。

社交界の貴公子だの、美貌のなんちゃらだの言われてる大人達が、十六歳《さい》の少女の機嫌《きげん》に左右されててほんと見苦しいわ。……おっといかんいかん。陛下の御前《おんまえ》で王弟殿下共々冷たい目で見ちゃったよ。不敬罪とか言われないよね？

――そんな私に敵意剥《む》き出しの空間で、ふと思い出す。

そういえばこの場って、私に御礼を言いたいとかじゃなかったか？　いや、もうそんなのどうでもいいから、とにかく早くおうちに帰してくれ。

どう頑張っても死んだ目にしかならない私を見かねたのかなんなのか、先程《さきほど》よりももっと笑みを深めた様子の陛下が、素晴らしいお言葉を下さった。

「全く面白《おもしろ》い娘じゃの。……今日は疲《つか》れたであろう、下がるが良い」

「ありがとうございます!!　失礼致します!!」

おっと、うっかり全力でお礼言っちゃったよ。私の本心がダダ漏《も》れだ。

そんな私へ、呆然とした顔とか探《さぐ》るような視線とか感じたけど、まあいいか。

私は満面の笑みで陛下に答える。これでやっとお家帰れる!!

――喜びのあまり、帰りに胃薬を買い忘れたのは内緒《ないしょ》だ。……まあ、我が家には、多種類の胃薬が沢山《たくさん》取り揃《そろ》えてあるから、いいよね?

∞　∞　∞　∞

「というわけでね。結局、アイリーン様のお友達を確保しようと、いい大人が幼気《いたいけ》な少女を脅そうとしたのよ。酷い話よねー兄様?」

その私の言葉に、ああ胃が痛いと呟《つぶや》くのは私の兄様。

あのキラキラしい人たちに囲まれていたから、兄様の茶色の髪《かみ》に琥珀《こはく》色《いろ》の目、自然な風《ふう》貌《ぼう》が実に目に優しい。

「今の話から結論がそうなるお前の頭は、一体どうなっているんだ。リーア」

苦しげな顔をして胃の辺りを握《にぎ》りしめながら兄様が私を睨むけど、これが事実だもの、仕方がないじゃない?

あの酷《ひど》い会談を忘れるように、カップを持ち上げ淹《い》れたての紅茶の香《かお》りを楽しむ。

ああ、我が家の居心地《いごこち》のいいこと!! 暫《しばら》くは外に出ないで家でのんびりしますか。

ゆったりと談話室で紅茶を嗜《たしな》む私へ、妹に向けるには少々厳しい目で兄様が見てきた。

……なにかね? 兄様よ。

「……陛下からの褒美を父上に丸投げするから、父上が寝込《ね》んでしまったではないか」

そうなんです。無事(ギリギリ)卒業出来た娘を祝おうと、家族全員で私が帰ってくるのを待っていてくれたのだ。

何故先に帰ったんだと憤慨《ふんがい》していたら、友人との何かもあるだろうし、王太子殿下のあれもあったから、と気を使った結果のようだ。それは気遣《きづか》いじゃなくて回避《かいひ》じゃないかな?。?

だから、あの後私がアイリーン様(陛下達付き)に呼ばれたことを家族は知らない。

楽しく食事をした後でちょっと悪いなとは思ったんだけど、こういう嫌なことはやっぱり後に回しちゃいけない。だから、晩餐《ばんさん》後に家族会議を開いて(この辺りで既《すで》にふらつく母様)あの忌々《いまいま》しい会合のことを報告しました。そうしたら案の定、父様と母様が仲良く揃って倒《たお》れた。

うん、ごめんね、父様母様。

なぜだ……なぜなんだ……とうわ言を呟きながら、爺《じい》やに運ばれていく父様。どうして私の娘は…と呟く母様は兄様が運んでくれました。

……うーん、どうしてなんだろうね！　私にもワカラナイヨ!!


まだ唸《うな》りながら考え込む兄様をちらりと見る。

陛下のあの様子なら、よっぽどのものを欲しがらない限り、お咎めはないと思うけど。権力に絡《から》む役職とか、領地とか、そういうやつ。

肩《かた》をすくめる私を見て、兄様が胃の腑《ふ》の辺りを更に強く握りしめる。ああどうすれば……なんて言って兄様、適当でいいんじゃない？

親切な私は、兄様にアイディアを提供してあげる。

「報奨金《ほうしょうきん》とかで、いいのでは？」

「いや駄目《だめ》だ……金額が見えると不敬だろう……」

苦々しい顔と声で私の案を却下《きゃっか》する兄様。

そんな顔していると、お嫁《よめ》さん来ませんよーだ。なんて思っていたら睨まれた。

あー、そうだよね兄様ってば、今微妙《びみょう》なお年頃、二十二歳だもんね。

婚約者《こんやくしゃ》どころか、恋人《こいびと》の影すらないもんね！　……わかったって!!　兄様、ごめんごめんー。そんなに睨まないでよー。

私だって穏便《おんびん》な策を思いつかなかったからこそ、父様に丸投げしたのだよ。

ほら、下手なこと言って事態を悪化させたら申し訳ないでしょ？　わぁ、配慮の出来る娘でよかったね！　父様!!　……おっと、兄様が胡乱《うろん》げな目で私を見てきている。

よし、話を変えようか。

「それよりも、あの権力が有り余ってる方々がどうすると思います？　兄様」

「あぁ、そうだな……。アイリーン嬢《じょう》の婚約《こんやく》が形骸《けいがい》化した今となっては、ややこしい事態になるだろうな……。我が家にだって少なからず影響《えいきょう》が出るだろうな……」

唸るように言う兄様。

あーあ、眉間《みけん》の皺《しわ》が癖になって、気難しくないのに気難しい人に見えちゃいますよ？

でもやっぱりそこよねー。

マリアさんの王太子妃を狙った目論見《もくろみ》は頓挫《とんざ》したけれど、彼らは未《いま》だにアイリーン様を巡《めぐ》って争《あらそ》っているし、その肩書《かたがき》この状況《じょうきょう》を考えたらもう大問題だよね。

地位も権力もある方々が一人の麗しき少女を得るために争う。なんとも物語のようだけど、サラが言ってた通り、洒落《しゃれ》じゃなく内乱の可能性があるのでは？　そうなれば如何《いか》に我が家が弱小貴族でも巻き込まれてしまうだろう。わあ怖《こわ》い。

――でもまあ、そこはやっぱり。

「兄様、頑張って我が家を守ってね!! 全《すべ》ては兄様の双肩《そうけん》にかかってる!!」

「お前も少しは考えろ!! うぅ、胃がぁ!!」

そんな精神的負荷《ふか》による胃痛に苦しむ兄様に、出来る妹であるワタクシは、優《やさ》しさを込めてそっと胃薬を差し出した。ら、額を叩《たた》かれた。

――私の気遣いが無下《むげ》にされたぞ? 解せぬ。

∞ ∞ ∞ ∞

人気《ひとけ》も疎《まば》らな廊下《ろうか》を、侍女を連れて恐《おそ》る恐る歩く私。

その周囲には大理石の石柱、壁掛《かべか》け燭台《しょくだい》の細工は繊細《せんさい》で優美(魔法石入り、高そう)。

敷《し》かれた絨毯《じゅうたん》は毛足が長くふかふかしていて、うっかりすると足をくじきそうなくらいだ。

……別に文句じゃない、既にぐきっとやってしまったからって、文句を言っているわけじゃないんですよ？

――だって、此処は、我が国の中枢《ちゅうすう》である、我らが誇るべき王宮なのだから。

一体何があれば、その他大勢の特出したところのない伯爵家の、しかも跡継《あとつ》ぎですらない娘の私が、一人（我が家の侍女付き）で王宮に招かれることがあるのだろうか。いやない、はず。なのに現実は無情で、現に私は此処に居る。……一体なんでだろうね。

今の状況を説明するには、少し前に遡《さかのぼ》る必要がある。

私の両親が夫婦《ふうふ》仲《なか》良く揃って倒れたあの後、どうにか復活した父様が、禿《は》げる勢いで悩《なや》みながら執務《しつむ》室《しつ》に篭《こも》って三日（ちなみにその間の執務《しつむ》は兄様が呻《うめ》きながら処理していた。頑張れ）。

本当はもっと、いや永遠に悩んでいたかったようだが、それでは国王陛下を無視することになり、不敬であるので断念。

そこで父様が出した結論は、『そうだ、我が家ではなくて我が領の民《たみ》へ与《あた》えよう』とのこと。

その結論に、私との血の繋がりを感じます。

領民への名目は、先々月兄様が職場を異動したお祝いの、領主からの有《あ》り難《がた》い振る舞《ま》い、ということになった。

しかし、兄様曰《いわ》く、異動と言っても、『備品保全課』から『備品管理課』に所属の名称《めいしよう》が変わっただけで、人員も変わっていないらしい。……仕事は増えたらしいが、それは今あまり関係ないので、割愛《かつあい》させていただこう。うん、割愛だね！

という訳で、実質兄様は異動なんてしていないのだが、領民から見れば貰えれば何が理由でもいい。なので、これで解決となった訳だが。

この考え抜《ぬ》いた解決策を晴れ晴れとした顔で語った父様が、執務室に私を呼んで、一枚の書状を差し出す。――――それなんだか不吉《ふきつ》な匂《にお》いがする。とっても受け取りたくない。

でも、そこは父様、渋《しぶ》る私にその書状を無理矢理《むりやり》握《にぎ》らせてきた。……やっぱり受け取りたくないの、顔に出ちゃったのかな。失敗失敗。

その書状の端をつまみながら、父様に渋々《しぶしぶ》問いかける。

「えーっと、父様。これは？？」

「うむ！　陛下がな、私ではなくお前に直接褒美を渡したいと仰《おお》せでな。ということでリーア。王宮へ行って来い」

全く書状を開こうとしない私に、悩みは全て無くなったと言わんばかりの笑顔で、父様がなんともめんど…名誉《めいよ》な陛下からの申し付けを伝えてきた。

せっかく父様に丸投げしたのに、私に戻ってきたぁぁぁ⁉⁉


――というわけで、清々《すがすが》しい笑顔で家族全員に送られた私。

これも楽をしようとして全て父様に押《お》し付《つ》けた報《むく》いなのかしら。いや、そんなことはない。

私だって、あの忌《い》まわしい会談で誘われたアイリーン様からの茶会の招待状はやっぱり来るわ、強制的にその茶会に出席することになったサラから文句を言われるわで、心の休まらない三日間だったというのに！　………すみません嘘《うそ》です。文句を言うサラとお菓子《かし》食べて、のんびり刺繍《ししゅう》して本読んで、いつも通り楽しく過ごしてましたが何かぁぁぁ⁉


王宮の近衛詰所《つめしょ》へ向かう廊下で、私は我が家の忠実なる侍女に問いかける。

「ああ、マーニャ。どうしてこうなったのかしらね」

「それはお嬢様がお嬢様であったからですね、あと運」

間髪《かんはつ》を容《い》れずに言い切るマーニャ。こんなにか弱い主人に対して、なんて酷い侍女でしょう！　もう恋愛《れんあい》相談なんて受けてあげませんからね！　マーニャめ!!

「なんだか悪い予感がするので、とりあえず謝ります。申し訳ございません、お嬢様」

私の不穏《ふおん》な空気を察したのか、即座《そくざ》に謝罪する我が侍女。

マーニャは可もなく不可もない侍女だけど、勘《かん》の良さだけはピカイチなのである。自分に関すること限定で。

色々なものを込めて、はぁと溜息《ためいき》をつく。――なんだかんだ言ったところで、王宮に来ている時点で、というよりも陛下に目を付けられた時点で逃《に》げられはしないのだ。

でも言いたい。どうしてこうなったんだ？

何処《どこ》かに逃げ道《みち》とか希望とかはないのだろうか。いや、きっとある!!　はず!!!!

「陛下はお忙《いそが》しい身。きっと型通り褒美を頂いてすぐに帰れるはずよ」

「……お嬢様自身、信じておられないでしょうに。とても空々しく聞こえます」

うっ…やっぱりそうだよねぇ……わざわざ父様じゃなくて娘を呼び出すのだもの……。

むしろ書状のみで済ませなかったことに驚《おどろ》きなのだよ。やっぱり何か私に用があるんだよね？　でも夢くらい見たって良いじゃない、マーニャ。

そう遠い目をしていると、近衛詰所に到着、してしまった。

陛下への面会手続きを全てマーニャに任せ、近衛騎士《きし》様に指示された控室で出された紅茶を大人しく楽しむ。

ふむ、流石《さすが》王宮、我が家の粗茶《そちゃ》なんて目じゃない。全くもって美味《おい》しいな!!
そんな私のほのぼのとした空気を、バッサリと断《た》ち切《き》って、奴《やつ》が来た。

「待たせたな、ルルリーア嬢」

――ぶっほぉおおおおお!!!!!!

淑女にあるまじきことに、紅茶を吹《ふ》き出してしまった。美味しかったのに勿体無《もったいな》い!!
私の淑女らしからぬその失態を、紳士《しんし》らしく見なかったふりもせず、面白そうにジロジロ見てくる目の前のお方。感じが悪いことこの上ない。

「………失礼致しました、騎士団長《きしだんちょう》閣下」

そうだよ！　殺気野郎（騎士団長）だよ!!　なんでここに？　私は貴方なんて待ってないし、ここは近衛騎士の詰所だよ??
騎士団長なら、騎士団に居なさいよぉぉぉ!!!!!!

「陛下よりルルリーア嬢のエスコートを命ぜられた。………ぶっ………こちらに」
優雅《ゆうが》に手を差《さ》し伸《の》べているが、殺気野郎（騎士団長）顔が笑ってるぞコラァ‼
心のなかで青筋を立てまくりつつ、差し出された手をとる。――落ち着け私、私は淑女、私は貴族令嬢。そう、ちゃんと笑顔を作らねば‼

「ありがとうございます」

多少そっけない声になってしまったのは仕方ないだろう。そして殺気野郎（騎士団長）の手に置いたのは指二本のみ。……その辺りは大目に見てくれ、こちとら十代の繊細な心の持ち主なのだよ。完璧《かんぺき》にはいかないものなのだよ。

そんな私の抑《おさ》えきれない不満などお見通しのようで、奴はまだ笑いが収まらない御様子《ごようす》。ああそうですか、氷の騎士様は本日ご機嫌麗《きげんうるわ》しいようでようございましたねぇ‼

私が隣からジト目で見ていたのに気がついたのか、殺気野郎、もとい失礼野郎（騎士団長）はこちらに軽く頭を下げた。ふん！　今更遅《いまさらおそ》いのよ‼

「これは失礼した。見事な………ふっ……吹きっぷりだった……。くくっ」

堪《こら》えきれないとばかりに奴は吹き出しながら謝ってきた。ちょっとそれじゃあ、謝罪になってないんですけどぉぉぉ⁉⁉　失礼したって言った側《そば》から失礼なんですけどぉぉぉ⁉

おっとコレは不味《まず》い。既に近衛詰所から退出していて、もう王宮の廊下。周囲には疎らだけど人が居る。そう、人が居る。

常に表情が変わらない筈《はず》の、氷の騎士（笑）の二つ名を持つ失礼野郎（騎士団長）の珍しい光景に、すれ違う人が目を丸くして振り返《かえ》っている。

――そのついでに私も視界に入ってるぅぅぅ!!　いやぁぁぁ見ないでぇぇぇ!!!!

嫁入《よめい》り前なのに、変な噂《うわさ》が………まあ立たないか。王国最強の失礼野郎（騎士団長）と無名の伯爵令嬢《はくしやくれいじよう》だもんね。噂になろうにも、まず私の名前を知らないだろうし。

きっと失礼野郎（騎士団長）の状況の方が『衝撃《しようげき》っ!!　鉄仮面が笑う!?』とか大いに噂になるに違いない。だから私に影響は及《およ》ばないだろう。なんだもう焦《あせ》っちゃったじゃないか。

――でもそれとこれとは別だ。

ずいぶん楽しそうですねぇ、まだ笑い止《や》まないのか絶対許さんからなぁぁぁ!!

とうとう手で口を覆《おお》い始めた奴へ更《さら》に怒《いか》りが募《つの》る。

……はいはい、深呼吸。怒りを抑えるのよ私。そう、私が大人になって私より年上の奴にどれだけ失礼な態度をとっているか、思い知らせてやるのよ!!!!

「お褒《ほ》めに預かり恐縮でございます」

努めて平静に返そうとしたが、顔は完璧な淑女の笑顔（だと思う）、声は不満たらたらというアンバランスな出来になってしまった。……まだまだ修行《しゅぎょう》が足りぬ。

そんな私に、更にツボに入ったのか、含み笑いだった奴が声を上げて笑い始めたよやめてぇぇぇ!!!!　通りがかった侍女《じじょ》のお姉さんが、驚いて水差し落として割っちゃったじゃないか!!

全く、氷の騎士（笑）の氷はどこへ行ったのさ!!　失礼野郎《やろう》（騎士団長）!!

笑いを止めてくれと非難の眼差《まなざ》しを向けるが、益々《ますます》笑い声が大きくなってしまった。

何故《なぜ》だぁぁぁ!?!?　声を上げて笑う人じゃないでしょ貴方はっ!?　見るからに沸点《ふってん》低そうなんだからちょっとした笑いくらい堪えなさいよぉぉ!!!!

私の願いも虚《むな》しくその良い声を王宮の廊下に響《ひび》かせる失礼野郎（騎士団長）。

――そして益々集まる視線、注目。


なんでもいいから、とりあえず笑うの、やめてくれぇぇぇ!!!!

∞　∞　∞　∞

「これはこれは。珍しいものを見たものだな」

結局、隣の失礼野郎（騎士団長）は、目的地である陛下の応接間まで笑い止むことはなかった。その所為《せい》でここに来るまで散々に人の注目を集めてしまった。

――なんということだ。なんということだ!!

だというのに奴はまだ笑っている。陛下の前で笑うなよ不敬な奴め。早く笑い止みなさいよ、失礼野郎（騎士団長）!!

「遅《おそ》くなり申し訳ございません……ぶふっ」

笑いを押し殺《ころ》そうとして失敗しながらも、陛下に答える失礼野郎（騎士団長）。

ここに来るまでのエスコートは、笑っている態度を除けば完璧だったイケメン爆《は》ぜろ。

そうやって、私のような純真無垢《じゅんしんむく》な乙女《おとめ》達《たち》を弄《もてあそ》んでは、「勘違いするな」とか言って冷たくあしらうんだなこの極悪非道《ごくあくひどう》な男め!!　私は言われてないがなっ!!

だがしかしっ!!　さっきの私は、いらぬ注目を浴びて別の意味で弄ばれてた気分だっ!!

――おっといけないいけない。私は失礼野郎（騎士団長）とは違って、きちんと礼儀《れいぎ》をわきまえてますからね!!

まだ笑いやまない奴を無視して、陛下へ挨拶《あいさつ》とカーテシー。

「お呼びに与《あずか》り参上仕《つかまつ》りました。陛下」

「よく来たのう、ルルリーア嬢。さ、座《すわ》るがよい」

にこにこと上機嫌《じょうきげん》な陛下を警戒《けいかい》しつつ、勧《すす》められるまま座る前に、エスコート相手を笑うどいう騎士失格な態度だったけど、とりあえず一応エスコートしてもらったような気がする失礼野郎（騎士団長）へお礼を言わないといけないと思い向き直る。

…………なぜ、貴方《あなた》も座ってるんですかぁぁぁ!!　失礼野郎（騎士団長）!!

思わず怪訝《けげん》な顔を一瞬《いっしゅん》してしまった、のを見逃《みのが》さず（そこは紳士として見逃せよ）ばっちり見た失礼野郎（騎士団長）が、またもや吹き出した。折角《せっかく》収まってきてたのにっ⁉

今日は本当にどうしたのさ、笑いの沸点が低過ぎるぞ、氷の騎士（笑）様!!　いつも通り、氷の騎士（笑）でいいんですよ⁉

顔を背《そむ》けて笑いを堪える彼奴《あいつ》を放置して、不本意ながらも隣《となり》に座る。そこしか座るとこないからね！　本当に、不本意だからね！

そんな私達を面白そうに交互《こうご》に見る陛下。この不敬者をどうにかしてもらえませんかねぇぇぇ！　我が国《くに》の規範《きはん》であり権力の頂点である国王陛下ぁぁぁ!!

私の切なる願いの篭った視線を、優しげな笑顔《えがお》で躱《かわ》す陛下……。陛下ぁぁぁ!!

「まずは用事を片付けてしまおうかの」

そう言うと誰《だれ》かに合図を送る陛下。あのあのー、陛下。『まずは』と仰《おつしや》られましたが、私にはひとつの用事しか、褒美を頂くという栄誉《えいよ》しか、心当たりがありません。

——なになになんなの、他に何があるのぉ!!

怯《おび》えながら待っていると、控《ひか》えていた従者が何やら銀のトレイに置かれた封書《ふうしよ》を仰々《ぎようぎよう》しく捧《ささ》げ持《も》ってきた。その封書を、ひょいと軽々しく摘《つ》まんでこちらに渡す陛下。

そんな陛下から、出来るだけ恭《うやうや》しく見えるように努力して受け取る私、エラい。これ、父宛《あて》だから、私は読まなくていいよねっ!

そう読まない気満々だった私に、陛下は内容を私に告げる。

「褒美は領民へ、という希望じゃったからの。王家秘蔵のワイン十樽《たる》と、タルボット領の護岸工事補助申請《しんせい》受理書じゃ」

そう陛下に言われ、私は先程陛下より頂戴した、手元の封書を眺《なが》める。

——よっしゃぁぁぁ! 意外といいもんもらえたぜ、やるな父様!!

そうそう、我が領は領地も狭《せま》いし特産品もない弱小領だから、整備したくて補助申請とか出しても受理されるの、ものすっごく後回しにされるんだよねー。いやぁ、領民の皆《みんな》、喜ぶよー。

「有難《ありがた》く頂戴《ちょうだい》させていただきます」

満面の笑みで私が感謝の言葉を伝えると、陛下に微妙な顔をされた。なぜだ？？

「あやつらも大概《たいがい》な態度であったが、顔だけは良いはずであるのに。うら若き乙女が、あやつらよりも書類の方に満面の笑みを……。はっ⁉　よもやその年でもう枯《か》れてしまったのか？」

なにその、不味いことを聞いてしまったみたいな顔。

全く、私はうら若き乙女で合ってるよ、陛下。恋愛的トキメキよりも、王弟殿下《でんか》とかその他諸々《もろもろ》が面倒《めんどう》だから反応しなかっただけだよ？　失礼な、本当に私が恋愛系枯れてたらどうフォローするつもりだったんだよ陛下。

「いえ、特にそういうわけではございませんが。ただ――」

きちんと、否定する私。

でも、あー、理由まで正直に言うとこれ不敬罪にならんかね？？　あの面々の中に、王弟殿下居るし。と思って陛下を見ると、『よいよい』という顔で促《うなが》されたので、それならまあいいかな、と本音をぽろり。

「どう考えてもあの方々に関《かか》わるのは百害あって一利なし。それに比べて、補助金は領民も喜んで家族も喜んで良いことづくし。比べるまでもないかと」

ん？　なんだか『やめてくれぇぇぇ』と叫《さけ》ぶ兄様が見えたような見えないような。いや、幻覚《げんかく》だな。幻覚幻覚！

その私の返答に、身を乗り出して食いつく陛下。………食いつく？

「ほうほうほう！　百害とな！　奴らが百害となっ!!」

なんで目を輝かせるのさ陛下。百害をそんなに強調しなくても……。自分の弟が貶《けな》されてますよ？　いや私が言ったんだけれども。

そしていつの間にか握られている私の手。あの手を離《はな》して下さい、はなし、痛っいだだっ！　ちょっ、陛下ぁぁ!!!!　手がっ、力が、つよいぃぃぃぃ!!!!!!

白魚のような私のか細い手（は言い過ぎだけど）が、潰《つぶ》れちゃううぅぅ!!　陛下!!　わたし、淑女《しゅくじょ》、淑女だからぁぁ!!　もうちょっと力を弱めてぇぇぇ!!!!

必死に目で訴《うった》えかけて、漸《よう》く力が緩《ゆる》む。……まだ手を握られたままだけど。

「わかるか！　おお、神よ！　わしの目に狂《くる》いはなかった！」

なんだか感極《かんきわ》まってるのは良いから早く手を、ってなぜ貴方まで肩に手を置いてくるんだ!!　もう心の中で『失礼野郎』とか思わないから、離してくれ騎士団長閣下ぁぁ!!!!

「陛下、これはもう間違《まちが》いありませんね。本題に入れるかと」

私の肩に手を置いたまま、何かに納得《なっとく》したように頷《うなず》く騎士団長。いやいや本題はもう終わったよ何を言ってるんだね？　騎士団長。――――ワタシオウチカエリタイ。

「うむ！　そうじゃな！」

そう力強く頷くと、陛下はそのご尊顔に希望に満《み》ち溢《あふ》れた笑みを浮《う》かべて、こう宣言された。

「ルルリーア・タルボット！　そなたを国王専属愚痴《ぐち》聞き係に任命いたす！」

再び力が篭って潰されそうな手も、逃がさないと言わんばかりの重苦しい肩も忘れて、ポカンと呆《ほう》ける私。

――――は？？　愚痴？？　え？　愚痴聞き？？

国王専属ってことは、陛下の愚痴を、私が聞くの？？　しかも係？？？　そんな役職、あるの？　普通《ふつう》ないよね？　……なのに私が、それに任命された、と、言った訳だよね、陛下が。

…………え、なにそれ、その係、辞退しちゃ、だめですかぁぁぁ？？？？

何かの期待で一杯《いっぱい》の陛下の顔と、何かを引《ひ》き継《つ》いだような騎士団長の顔を、交互に見る。

――これ完全に巻き込まれたやつだ、オウチカエリタイィィィ!!!!

閑話　どうでもよくない少女は叫ぶ

§　§　§　§

――どういうことなのっ!!!!


私の『記憶《きおく》』じゃ、こんなこと起こらなかったのにっ!!

本当だったら卒業して、このまま王太子妃《ひ》になれるはずだったのに、殿下《でんか》から引き離されて狭い部屋に押し込められて。

どうしてっ！

私はこんな扱《あつか》いを受けていい人間じゃない、王太子妃になる女性なのよっ!!

扉《とびら》を叩いても、取手を回しても、出してと叫んでも、何も起こらない。誰も来てくれない。――こんなの、私の『記憶』にないわっ！

散々叫んで叩いて、疲れきった私は、部屋の椅子《いす》に深く座り込む。

今日の卒業パーティーでの晴れの舞台《ぶたい》のために、ねだって作ってもらったドレスのレースを撫《な》でながら深く息を吸う。

「……何かの間違いよ……。そうよ、みんな、間違えてるのよ……」

そう呟いてみると少しだけ安心した。そう、これは間違い、間違いなの。間違いなのよ。

その言葉だけを呪文《じゅもん》のように繰《く》り返す。


私には、幼い頃《ころ》からある『記憶』があった。

夢にしては鮮明《せんめい》で、けれど実際の出来事にしては曖昧《あいまい》で、そして私が全く知らない、知り得ることの出来ないことばかりの、そんな『記憶』。

天高くそびえ建つ見慣れない四角いもの、奇抜《きばつ》な服を身に纏《まと》う人々、動く階段に、見慣れた形式と少し似ている庭園に知らない草花。――そんなおかしな景色が、まるで私のもののようにそこにあった。見たことがないはずなのに懐《なつ》かしささえ感じたの。

目を瞑《つぶ》ると浮かび上《あ》がり、物心がつく頃には、そこでしか見られない景色が見たくて目を閉じてばかり。だから、よくお父様やお母様に心配されたわ。

――その景色の中で、特に心惹《ひ》かれたのは、この国に似ているもの。

私に似た女の子が麗《うるわ》しい殿方達《とのがたたち》の心の傷を癒《い》やし、恋《こい》に落ちた彼《かれ》と結婚《けっこん》する。それは、どのようにしても、相手は変われど結果は変わらない。…………こんな素晴《すば》らしい景色が私には見えている。もっと見たくて、他の景色よりもそれを『記憶』の中から探したわ。

そして思ったの。これはきっと神様が私に未来を見せてくれているに違《ちが》いない。

お父様やお母様に話しても、笑われて心配されるだけで信じては貰《もら》えなかった。

でも、それが真実であると確信するまでに時間はかからなかった。――だって、私の未来じゃなければ、こんなに鮮明な記憶が誰の未来だというの？　何故私だけに見ることが出来るというの？

私のその未来はとても素晴らしくて、幼い私は直《す》ぐに魅了《みりょう》された。

周囲や家族に信じて貰えなくても、何をしても麗しい殿方から愛される未来が待っているのなら、誰だって、そうでしょう？

この『記憶』はきっと神様からの贈《おく》り物《もの》なんだわ。私は神様にまで愛されてるのね！

学園に入学して、王太子殿下へ優しい言葉をかければ王太子妃に、自信を持つよう説得すれば辺境伯《はく》の妻に、ありのままの彼を受け入れれば未来の魔術《まじゅつ》師団長の妻に、父親との和解を手伝えば未来の神官長の妻に、彼の剣技《けんぎ》を褒めれば未来の騎士団長の妻に、そう何にだってなれる、素敵《すてき》な旦那様《だんなさま》と高い地位が私には約束されている。そんな未来が私を待っているの。

お父様にもお母様にも口煩《うるさ》く『礼儀作法を弁《わきま》えろ』なんて言われたけれど、そんなことは不必要だとわかっていて習うなんて馬鹿馬鹿《ばかばか》しい。

そんなものがなくても、優しい言葉さえあれば、彼らに正しい行動をすれば、絶対に愛される未来なのだから。――――そう言って、片手間にしか習わなかった。

だから、好きな時に遊んで、好きな時に食べて、好きな時に寝て。……何をしても構わない。

だって私の未来はもう既に決まっているの。

麗しい殿方たちに愛されると決まってるの。

実際に入学したら、何故か王太子殿下以外の他の殿方はアイリーンの周りに居たけれど、それは私を手に入れられないから距離《きょり》を置いているのだと直ぐにわかったわ。……申し訳ないけれど、私は王太子殿下に選ばれてしまったの、だから諦《あきら》めてね?

ここまでは順調に『記憶』の通りだった。

後は卒業パーティーで、ルルリーアさんにアイリーンが私を階段から突《つ》き落《お》としたと証言をさせたらもう王太子妃は目前。だった、だった、のに。

アイリーンが犯人で皆に慰《なぐさ》めてもらって沢山《たくさん》の人に祝福されて、私は王太子妃になるはずだったのに!　ルルリーアが、ちゃんと『決められた台詞《せりふ》』を言わないから、こんなところに閉じ込められてるのよっ!!　あの子が悪いんだわっ!!

だって、私は幸せになる、未来でそう決まってる、なのにっ!!!!

……………なのになのになのになのになのになのになのに！

――――バンッ

勢い良く扉が開けられると、そこには白い顔をしたお父様が居た。

…………どうせなら、王弟殿下がよかったわ。

あの『記憶』で愛してくれる殿方の中にはいなかったけれど、素晴らしい金の御髪《おぐし》に甘やかな顔立ち。少し年上だけれど、あのような素敵な殿方に愛を囁《ささや》かれるのも悪くないわ。

うっとりと王弟殿下を思い返していたら、突然頬《とつぜんほお》に熱さと衝撃を感じて、呆然《ぼうぜん》とする。

「っこのっ親不孝者めがッ!!!!　……あれほど、あれほどっ、言い聞かせたというのに、なんてことをしてくれたのだっ!!」

お、おとうさまが、わたしに、てをあげた……????

いつだって私に甘《あま》くて、小言を貰うくらいで手を上げられたことなんて一度もなかったのに。

言葉も出ずに頬を押さえている私の前に、お父様が踞《うずくま》る。

「……なんてことだ……こうなれば……命をもってお詫《わ》びするしか……」

『命を』？？？　お父様の命を、どうして？　そんなこと、しなくてもいいのに？？？？

だってこれは決まっていたことで、わたしはその通りに……ねぇどうして？　おとうさま？？

「その必要はない」

冷たい声が部屋に響いた。呻き嘆《なげ》くお父様を見たくなくて、声の主を見る。

――そこに居たのは騎士団長様だった。

氷の騎士の名に相応《ふさわ》しく、薄青《うすあお》に煌《きら》めく銀の御髪、切れ長の水色の目と整った顔の美丈夫《びじょうふ》の彼にときめいてもいい筈なのに、何故か恐怖《きょうふ》が先に立って思わず腰《こし》を浮かす。

すると、彼と目が合った。その瞬間《しゅんかん》私の身体は少しも動けなくなる。

――怖い怖い怖い怖い怖い怖い怖い怖い怖い怖い。

顔を動かすことも、声を出すことも、何もしたくない。――ただひたすら、怖い、この男が、目の前にいる存在が怖い。

彼《かれ》が私から視線を外しても、私は動けなかった、いや動きたくなかった。動いたことで彼が私に再び視線を向けられることが怖かった。

もう一度アレに見られるのは、恐ろしくて耐《た》えられない。

震《ふる》える私に構わず、懺悔《ざんげ》するように項垂《うなだ》れるお父様へ淡々《たんたん》とした口調で彼は話しかけた。

「本来、このような事態を引き起こしたとなれば、軽くとも爵位《しゃくい》返上、死刑《しけい》にせよ、との声も上がってたのだが」

彼のその言葉に、覚悟《かくご》した顔で頷くお父様。

爵位返上？　死刑？　どうして？　だって私は『記憶』にある通りにしただけなのに？

「陛下が貴殿《きでん》のような有能な臣下を失うのは忍《しの》びない、と仰せでな。……実際、宝物庫管理の出来る者はそういないからな」

「あぁっ!!　なんともったいないお言葉を……」

顔を手で覆いながら嗚咽《おえつ》を堪えるお父様。どうしたの？　さっきから、何故《なぜ》お父様が責められているの？　……わたしのせい、なの？　でもわたし、は、なにも、していないわ？

嗚咽するお父様の肩に手を置いた後、彼はいつの間にか居た騎士へ振《ふ》り返る。

「おい、ソレを片付けておけ」

「はっ」

扉の陰《かげ》でよく見えなかったが、黒っぽいナニカを引きずっていく騎士たち。

悍《おぞ》ましいものを見てしまったようで慌《あわ》てて視線を外す。すると、その彼の声に顔を上げたお父様がそれを見て悲鳴のような声で問いかけた。

「そ、それはっ」

そんな慌てるお父様に対して、彼は平坦《へいたん》な声で応じる。

まるでよくあることかのように、ごく普通の声で。――――ああもう、それ以上聞きたくない。

「あぁ、アイリーン嬢の信奉者《しんぽうしゃ》の誰かが差し向けた暗殺者だな」

あん、さつしゃ？　おとうさまに？　それとも……いいえ、そんな筈ないわ！　だって私は皆に愛されて、だから私はわたしはっ!!!!

混乱する私に構わず、お父様は『暗殺者』という言葉に何も疑問を挟《はさ》まず、感謝するように彼の手を握《にぎ》った。――――どうして？　何故彼に、恐ろしいソレに感謝をするの？

「重ね重ね……閣下にはなんとお礼をすればよいか……」

「必要ない。強《し》いて言えば普段通り過ごしてくれればよい」

そう言われると、お父様は強く目を閉じた。

「……畏《かしこ》まりました。娘《むすめ》は……修道院、にて、務めを果たします」

「わかった。そうお伝えする」

――そんなっ!!　どうして私が!!

思わず、叫び声《ごえ》をあげようと口を開くと、彼と、目が合った。


そこでふつり、と、私の意識が途絶《とだ》えた。

§　§　§　§

目を開けると、そこは見慣れた私の部屋だった。

――可愛《かわい》らしいもので囲まれた、私の家の、私の部屋。

あぁ、なんだ夢だったんだ。なんて酷《ひど》い夢を見ちゃったのかしら。

ということは、卒業パーティーはこれからなのね。

そうだ、あの夢に着ていたドレスは縁起《えんぎ》が悪いから、違うデザインのにしたいわ。

ああ、お母様に早く相談しなくちゃ。だってすぐに卒業パーティーだもの！　間に合わなかったら困るわ。私の晴れ舞台なのよ？

そこまで考えて安堵《あんど》の溜息をつくと、ドアの向こうからヒソヒソと声が聞こえた。また侍女達ね。まったく、口が軽くて嫌《いや》になっちゃう。

注意しようとベッドから身を起こす。

ああもう私が王太子妃になったら、殿下にねだってもっと質の高い侍女を——「ねぇ、お嬢様《じょうさま》ほんとにやっちゃったのぉ？」

嘲《あざけ》りの篭ったその声が響いて、ベッドの上で凍《こお》りつく。……やったって、何を？

「そうらしいわよ？　旦那様がそれはもうお怒りで」

「そりゃ怒《おこ》るわよ、相手は王太子殿下でしょ？　釣《つ》り合《あ》う訳ないじゃない？」

「ほんとほんと」

クスクスと笑い声まで聞こえる。それを、無礼な侍女達の態度も忘れて、聞き入る。

聞きたくないのに、叫べばそれを止められるはずなのに、声を上げられない。

……だって、あれは、夢、だった、はず？？？？　そう、だって、夢じゃなきゃいけないの。

フラフラと扉へ近づく。

私が起きているのにも気付かず、ドアの向こうの侍女達は続ける。姦《かしま》しく続ける。

「それにしてもよくやるわよねーお嬢様」

「お小さい頃から、妙《みょう》なこと言うと思ってたけどまさか、ねぇ？」

「そうそう！　王太子妃になるとか、まぁ夢を見るのは誰だって自由だけど、ねぇ？」


「「あの体形で、ねぇ？」」

――ぎしり、と心が軋《きし》む音がした。


「もう少しおキレイなら、まだしもねぇ」

「バカねぇ！　綺麗《きれい》でも男爵《だんしゃく》でしょ？　ムリムリ」

「そうよねぇ、でも元は良いのにもったいないわよねー、お嬢様」

「そうそう！　だけどさぁあれだけ食っちゃ寝《ね》してたら誰でもああなるわよ」

「あらアンナ、ソレって自分のこと？」

「あっ言ったわねぇ！　――」


姦しい侍女達の声が遠ざかる。

すると、私が見てこなかった現実が追いかけてくる。嘘よ、だって、うそよ。
縋《すが》るような気持ちで扉の横にある鏡を見ると、ぱさついた黄色い髪《かみ》をした、肥え太った、醜《みにく》い女と、目が合う。――これは、私、なの？

……いやよいやよいやよいやよいやよいやよいやよいやよいやよ！

『記憶』では私は守ってあげたいほど華奢《きやしや》で可愛くて愛されてあいされてじゃあああの夢はゆめじゃなくてほんとで――？？？

頭を掻《か》きむしると、鏡の女も髪を掻きむしる。
…………じゃあ、ほんとうに、これは、この女が、わたしだっていうの？

――こんなの、みとめない、ぜんぶ、うそ、うそなのよっ!!!!!!!!

二章　どうでもいいからさっさと解任してくれ!!

∞　∞　∞　∞

ごきげんよう。ルルリーア・タルボットでございます。

再び王宮へ何故か参上しております。左を向いても右を向いてもどこにでもいるような伯爵令嬢の私が、ほんと、なんでなんだろう。

学園の卒業パーティーでいきなり始まった、王太子殿下（現在保留）による婚約破棄《こんやくはき》という茶番。それを他人事のように聞いていたら、重要証言者が私と言われ、その茶番に引っ張り込まれてしまった。実に不運だ。

もちろんそんな事件に関わってなかったと正直に証言して（も、もちろんですよ?-?-）その場は収まった。本来ならば収まらない筈だけれど、収まった。

――その後がいけない。

権力をチラチラちらつかせた男どもがアイリーン様のそばに侍《はべ》りながら、私に彼女《かのじょ》との友情を強要してきたことはどうでもいい。……本当はどうでもよくないけど、私の心はやさぐれたけど、そこは重要じゃない。

後日王宮へ呼ばれ、私の何を気に入ったのか、陛下から『国王専属愚痴聞き係』という未《いま》だかつてない名誉《めいよ》（笑）あるお役目を賜《たまわ》ったのです。ええ、そうです、陛下から、直々に……。

「どうしてこうなったのでしょうか。兄様」

――そう問いかけるが返事がない。あ、私一人でした、さみしい。

幻影《げんえい》のような兄様がぼんやり見えたけれど、『身から出た錆《さび》』などと酷いことを言うので、きっとあれは兄ではなく魔物《まもの》の類《たぐい》だろう。そうに違いない。

トボトボと薄暗《うすぐら》い通路を一人歩く私。

先日通った王宮のきらびやかな廊下《ろうか》と違って、床《ゆか》はレンガが剥《む》き出《だ》しだ。ふかふか絨毯《じゆうたん》よりは、歩きやすいと言えば歩きやすいけど。

我《わ》が家《や》の侍女はどうしたって？　今歩いているこの場所は王家の秘密通路なので、侍女の同行は許されませんでした。マーニャに来なくていいと渋々《しぶしぶ》告げると、良い笑顔で『いってらっしゃいませ！』と言われた。恨《うら》んでやる。

そして、前回はあった騎士団長《きしだんちょう》のエスコートもない。この秘密通路を教えてくれた時に、一応聞いてみたら『そんなに暇《ひま》じゃない』とのこと。……思うんだけど、私の扱い酷くないか？？？　また笑われそうだからエスコートは要《い》らないんだけど、なんだか釈然《しゃくぜん》としない。

ま、此処《ここ》は秘密通路なのだから不審者《ふしんしゃ》なんていないし安全。道も覚えてしまったし（何故教えたし）気遣《きづか》いせずにのんびり歩けるし、まあ良いかと思ってました。

——思ってましたよ。

隠《かく》し部屋に引っ張り込まれるまではねぇぇぇ!!!!!!

∞　∞　∞　∞

「ルルリーア・タルボット嬢《じょう》、だね？」

薄暗い部屋の中では、この間会ったばかりの人間の顔もわからんのかそうですか。

私を引っ張り込んだ相手をにらみ……おっと我慢《がまん》我慢。私は淑女ですからね！

たとえ腕《うで》を掴《つか》まれてても、たとえ大分近い距離に詰《つ》め寄《よ》られていても、笑顔で返してあげますよ。もうヤケだよ。


「……何か御用《ごよう》ですか、王弟殿下」


――そう、犯人は、アイリーン様取り巻きの一人、王弟殿下ですよ！　王家にこの人いたんだった、王家の秘密通路は気を抜《ぬ》いたら駄目《だめ》な場所だった!!!!

いやいやいやいや、なんでここにいるの、王弟殿下。まだアイリーン様のお友達集めてるの？？

不信感から貼《は》り付《つ》けたような笑顔になる私に対して、完璧《かんぺき》な笑顔で返す王弟殿下。

「そうだね、まずは質問。どうして君はここにいるんだい？」

そう言うと、王弟殿下は私を壁《かべ》に押《お》し付けて、両側に腕をおおおお！

ち、ちかーーーい!!!!　離れてくれぇぇぇ！　そのふわふわした金髪《きんぱつ》、毟《むし》りたくなるぅぅ!!!!

荒《あら》ぶる私の心を知ってか知らずか、魅了するかのように笑みを深くする王弟殿下。……

とりあえず離れてくれ。お願いだから離れてくれ。でないと指が勝手に動くぅぅぅ!!!!

私がここに居る理由なんて陛下から聞いてくれ、兄弟でしょぉぉぉ⁉

そして私の口から愚痴聞き係なんて言いたくな……言えないんだからっ‼

「お答えする義務はございません」

毛を毟りたいと疼《うず》く指を、扇子《せんす》を握りしめることでなんとか逃《に》がす。

なんで私こんなに我慢《がまん》してるの、しなくてもいいんじゃゃ……いやいかん、王弟殿下の髪の毛を毟ったら社交界のお姉様方に何されるかっ‼‼　耐えるのよ！　ルルリーア‼

「へぇ、いい度胸だね」

要求を突っぱねた私に、目を細める王弟殿下。顔は柔《やわ》らかに微笑《ほほえ》んでいるものの、目の奥《おく》が笑ってないよ怖《こわ》いよ。

確かに金髪青目に整った甘い顔なのかもしれないけど、何故この得体の知れない笑顔にときめきを感じられるんだお姉様方よ。私には恐怖しか感じられないぞ？

そんなことを思いつつ明後日《あさって》の方向に目を向けていたら、王弟殿下に、顎《あご》をクイッとやられたぁぁ‼‼‼‼　わ、わたし、未婚《みこん》の、淑女ぉぉぉ⁉⁉

あまりの出来事に固まっていると、囁くように声を低める王弟殿下。

「そんな生意気な口を利《き》くのは、この口かな？」

ひぃぃっ‼　王弟殿下の、ゆ、指がくちにぃいぃいっぃ⁉⁉

も、もうだめだぁぁぁ!!!!

――スッパーーーーーーーン

「え」

若干《じゃっかん》マヌケな声を出して麗しい顔で惚《ぼ》ける王弟殿下。

思わず扇子で、国王陛下の弟である目の前の人の手を叩《たた》いてしまったが、これは正当防衛だ！　冤罪《えんざい》だ!!!!　不敬罪は勘弁《かんべん》してくれぇぇぇ!!!!

「失礼致《いた》しますぅぅぅぅ!!!!」

王弟殿下の腕の下をくぐり抜け、後ろも確認《かくにん》せずに秘密扉っぽい扉を勢い良く閉める。

よし敵は追いかけてこない、今だ！　今の内に逃げるんだぁぁぁ!!!!

――私、今、人生で一番速く走れた気がする!!!!

∞　∞　∞　∞

「じゃからの、唯一《ゆいいつ》の王太子を廃嫡《はいちゃく》して臣下としたのに、あやつらときたら手緩《てぬる》いなどとゆうてきてな……」

四十過ぎたおじ…男性が、クッションを腕に抱《かか》えて拗《す》ねてもかわいくないですよ陛下。威厳《いげん》の欠片《かけら》もない我が国の国王陛下の姿を遠い目で見る私。

あの後、猛然《もうぜん》と指定された部屋に逃げ込むと、待ってましたと言わんばかりにすぐに陛下が現れた。それからずっっっっっとこの調子である。先程《さきほど》の王弟殿下の暴挙など言う隙《すき》もない。

正直に言っていいだろうか――――鬱陶《うっとう》しいことこの上ないよ陛下。

というか公式発表前に聞いちゃったよ、廃嫡か王太子殿下、おお神よ彼を憐《あわ》れみ給《たま》え。

それにしても『国王専属愚痴聞き係』なんてどうせ大した話をされないだろうと軽い気持ちで王宮来たけど、意外と重要なこと話してくるよこの陛下。愚痴を聞くにしても、もっと気軽な話題にして欲《ほ》しい。王弟殿下の所為《せい》で私もうお腹《なか》いっぱいなんだよ。

まあ、話の内容はこの部屋出たら忘れよう。そう、話半分で聞けば良いんだ！

でも引き受けたからには、一応相槌《あいづち》くらいは打ったほうがいいよね？　ということで軽く頷きながら陛下へ心の篭《こ》もらぬ声と言葉を返す。

「はぁ、ソレは酷いですねー」

「じゃろう!!!!!!　わし、王なのに…………」

よよよ、と目元を光らせながらクッションに顔を埋《うず》める陛下。威厳どうした仕事しろ。

……いや、息子《むすこ》を廃嫡したんだし、やっぱり複雑なんだろうな。

どう声を掛《か》けていいか迷っていると、ケロリとした顔で陛下がクッションから顔をあげる。

「まぁ、後継《こうけい》はもう見つけておるからいいんじゃがな」

いいんかい。さっきまでの涙《なみだ》はどうしたのだろうか。今王家の闇《やみ》を垣間見《かいまみ》た気がする。

——ここ恐《おそ》ろしい、早くオウチカエリタイ。

はぁぁぁぁ、と深い溜《た》め息《いき》を吐《つ》く陛下。いい加減クッション離した方がいいと思う。威厳が家出しても知らないぞ?

「周りにはアイリーン嬢の信奉者がウヨウヨしておっての。迂闊《うかつ》に愚痴も言えん……」

陛下曰《いわ》く、妃《ひ》殿下もアイリーン様の毒牙《どくが》にかかっているとのこと。

妃殿下もって、そんなに信奉者《しんぽうしゃ》居るんだね、凄《すご》いなアイリーン様。だが、その情報も私の心に全く響《ひび》かなかった。だからまた適当に返す。

「はぁ、ソレは大変ですねー」

「そうなんじゃよ、わかってくれるか！　ルルリーア嬢！」

明らかに適当だったのだが、クッションを抱《だ》きしめながら顔を輝《かがや》かせる陛下。

そ、そんなに話し相手が居なかったのか。若干引いていると、陛下が満足気に説明し始めた。

「いやあ、今まであのライオネルのやつしか話し相手がおらんくてのう……。じゃが、あやつは無表情すぎてな……」

ライオネル……ああ、騎士団長《ライオネル・アレスタント》のことか。確かにあの鉄面皮じゃ、相談してもなんかこう気が晴れないだろうなー。やっぱり、同意とか同情とか、何か反応が欲しいよね反応が。

そこまで考えてふと気付く。

騎士団長は、アイリーン様の取り巻きじゃなかったのか？

そういえば、前回呼ばれた時陛下と一緒《いっしょ》に居たな……。そうか、取り巻きじゃなかったのか。――――え？　ちょっと待って？　じゃあなんで、私に殺気飛ばしてきたの騎士団長？

そんな疑問でいっぱいの私に構わず、かなりすっきりした御様子《ごようす》でクッションを脇《わき》に置きながらおもむろに私に告げる陛下。漸く威厳が帰還《きかん》してきたみたいだ。

「というわけでこれからも宜《よろ》しくの。ルルリーア嬢」

「え、嫌なんですけど」

思わず間を置かずに断ってしまった。途端《とたん》に悲愴《ひそう》な顔になり素早《すばや》くクッションを掴む陛下。

あ、威厳がまた旅に出たみたいだ。早いなー。

「そう言わずに！　なんじゃったら、また、申請《しんせい》とか受理するからっ！」

「いや、あんまり優遇《ゆうぐう》されると、それはそれで周りが煩いので」

またしてもあっさり私が断ると、豊かな顎髭《あごひげ》を弄《いじ》りながらぐぬぬと唸《うな》る陛下。

諦めて下さい、陛下。そしてこれからも鉄面皮の騎士団長で我慢して下さい。私はこの一回で十分役目を果たしました。

「金か、金が良いのか⁉　それとも宝石か！　……くっ、この欲張りめ！　国宝でもなんでも、持っていくがよいっ！」

「人を悪女みたいに言わないで下さい。国宝とか一番いらないです」

これでどうだと言わんばかりの陛下を冷たい目で見る私。

その一言で、陛下はまたしても唸り始めた。だって、そんなもん貰ってどうしろと？　売れないし見せられんし、家の中で眺《なが》めていろと？？

断言しよう。父様母様兄様の胃が日毎《ひごと》に擦《す》り切《き》れていく。間違いない。

「それに、此処に来る途中《とちゅう》で、王弟殿下に難癖《なんくせ》つけられそうになったんですよ。身の安全のためにも辞退したいのですが」

「ほうほう!!!!!! 奴《やつ》になっ!! そうかそうか!!」

先程までの苦悩《くのう》顔から一変、目をきらめかせて笑顔《えがお》になる陛下。

……なんでそんなに嬉《うれ》しそうなんですか陛下。私難癖つけられたって言いましたよね？

その顔、ちょっと殺意が湧《わ》きます。

恨みの篭《こも》った私の視線など何処《どこ》吹く風《かぜ》といった様子で、陛下はクッションを叩きながら喜ぶ。

「今日一日、奴から何も言われんかったと思うていたら、そうかそうか。そっちに行ったか！」

それどういう意味ですか陛下ぁぁぁ!! 愚痴聞き係ってまさかの人身御供《ひとみごくう》かぁ!!!!

思わず殺意を込めて睨《にら》んだが、満面の笑みで返された。

「なあに、あやつも紳士《しんし》の端《はし》くれ。淑女《しゅくじょ》にそう無体はせん……はずじゃ。よし、帰りはライオネルをつけるから安心せい」

全然安心できないんですけどぉぉぉ!?!?!?

騎士団長つけてもらっても、安心どころか不安材料が増してるんですけどぉぉぉ!?!?

その後、どんなに断っても、陛下は『国王専属愚痴聞き係』を解任してくれませんでした。

ぐすん。粘《ねば》り負けました。……ああそうですよ、私負けましたけどなにかぁぁぁ⁉⁉

一応対価として我が領地収入一ヶ月分相当の宝石を頂きました。綺麗だけど経緯《けいい》が忌々《いまいま》しい。

……早く売って、ウチの領の冬の備蓄費《びちくひ》に回そう。

∞　∞　∞　∞

「そうか、それはすまなかったな。ルルリーア嬢」

そう謝《あやま》るのは氷の騎士（笑）にして陛下をも困惑《こんわく》させる鉄面皮の持ち主、騎士団長である。

そしてその隣《となり》にいるのは、たっぷり陛下から愚痴《ぐち》を聞かされ、かつ愚痴聞き係続投させられて、今にもやさぐれそうな十六歳乙女《さいおとめ》、ルルリーアでございます。

「王弟殿下は普段そのような暴挙に出る方ではないのだが、アイリーン嬢が絡《から》むと駄目でな」

ソレがわかってるのなら何故《なぜ》一人で私を歩かせたんだ、騎士団長の薄情者《はくじょうもの》め。

一応謝って貰ってはいるが、その無表情顔ではこちらとしては実感できないよ。あ、陛下の気持ちが少しだけ理解《わか》った。

しかし表情豊かに謝られようが無表情だろうが、騎士団長の行動が薄情《はくじょう》なことには変わりないので、嫌味《いやみ》くらい言ってもいいだろう。

「私、てっきり騎士団長閣下も、そうなんだと思ってました」

「?・?・?　そう、とは?・?」

私の言葉に騎士団長が疑問符《ぎもんふ》を浮《う》かべながら首を捻《ひね》る。

大の男が首を傾《かし》げても可愛くないぞ。でも無表情のくせに妙に似合ってて、乙女《おとめ》としてはムカつくわ。顔が良いとお得ですこと!

「アイリーン様の信奉者《しんぽうしゃ》なんだと思ってました」

腹立ち紛《まぎ》れにそう重ねると、騎士団長は嫌そうに眉《まゆ》を寄せた。

どうも彼らといつも一緒に居たのは、信奉者達《たち》が諍《いさか》いを起こすのを力尽《ちからず》くで止めるためだったらしい。ええぇ……力尽くって……。

いいのかそれで、騎士の団長よ。騎士って『公正』『忠誠』『礼節』……まあいいや、それを考え始めたら、終わりな気がする。

少なくともこの騎士団長に関しては、そう思う。

「何故、そう思ったんだ？」

「あー、卒業パーティーのときに、その、騎士団長閣下から殺気を感じまして。それで」

唐突《とうとつ》に騎士団長が足を止める。――――え？　なになに？

身長差から、だいぶ上の方にある騎士団長の顔を見ようと、ってうぇぇぇ！　なんか、喜んでるっ⁉⁉　一旦《いったん》、目をそらしても……うん、何度見ても、騎士団長の口角が薄《うっす》ら上がっている。え？　私、何か良いこと言った？　いや、言ってないよ？？

「そうか、あれに気づいてなお……。やはり私の見込みに間違《まちが》いはなかったようだ」

「え？　やはり？」

私の戸惑《とまど》いを無視してなんか一人で納得《なっとく》してるけど、一体何が起きてるの！　何に納得してるのさ騎士団長‼　やはりってなんなの、見込みってなんなの説明してくれぇぇ‼

よく理解らない何かに喜ぶ騎士団長が頷《うなず》きながら、待望の説明を始める。

「卒業パーティーのあの場で、証言に立たされたルルリーア嬢に『偽証《ぎしょう》するな』と合図を。殿下《でんか》寄りの証言だった場合煩いのが居たからな」

………って殺気を合図にするなぁぁぁ!!!!!! 見てちょうだい!! このワタシ、どこからどう見ても、可憐《かれん》でか弱い淑女でしょ!!!!!!

平然とした顔で、でも嬉しそうな顔で可笑《おか》しなことを言う騎士団長に、私は正当なる権利をもって当然の事実を指摘《してき》する。すると言ったら、するんだぁぁぁ!!!!

「私がその殺気に耐えられなかったら、どうされるつもりだったんです?」

ほらそうでしょ? あの時証人(私)が倒《たお》れたら、あの場でやったやってないの泥仕合《どろじあい》が始まっていたはずで、もっとややこしい事態になってたはずだ。……私意外と重要だったな!?!?

だから、騎士団長は、私に対してもっと穏便《おんびん》な手段で伝えるべきだったんだ!!!! 大体殺気で合図って何なのさ! そう受け止める人なんていないでしょうがぁぁぁ!!!!

騎士団長の中では、騎士の中ではそれが普通《ふつう》なのか、いや私騎士じゃないよ!?!?

「だから言っているだろう? 見込み通り、だと」

「へ?」

騎士団長はこちらに向き直ると、私との距離《きょり》を詰めた。

もちろん、詰めても尚紳士《なおしんし》として相応《ふさわ》しい距離ではあったが、身長差から覆《おお》いかぶるようにされると、どこにも逃げ場がないように錯覚《さっかく》してしまう。

「ルルリーア嬢なら、耐えられると思っていた。実際、悲鳴すら上げなかったしな」

意味ありげにこちらを見つめる騎士団長。

――いやいやいや、ホントは悲鳴上げそうでしたからね？　気合で抑《おさ》えただけですからね？

「部下達ですら、あの殺気に耐えられるのは何人いることやら」

うわぁぁぁ!!!!　そんなもん私にぶつけたのか、というかぶつけられたの私っ!?

ちょっと!!　騎士様ですら耐えられない殺気を淑女に飛ばさないでよ騎士団長!!

「それを、貴方《あなた》は、訓練など受けていないのに、耐えた」

薄《うす》い水色の目が、段々と怪《あや》しい熱を帯びてきたような気がする。気の所為だと思いたい。

なになに、もうこの話終わりでいいよ、秘密通路早く進もうよ騎士団長。

そんな私の願いも虚《むな》しく、騎士団長は、嫌な予感で強張《こわば》っていた私の手をそっと握った。

――そして。

「ルルリーア嬢！　今からでも遅《おそ》くはない！　騎士にならないかっ!!」

…………もう私の許容範囲《はんい》を超《こ》えた！　オウチカエリタイ!!!!!!!!

∞　∞　∞　∞

——王家の秘密通路を歩きながらの帰り道。

王国最強の騎士《きし》団長から、騎士にならないか、と誘《さそ》われました。

私、伯爵令嬢《はくしゃくれいじょう》、なはず???　え？　もちろん女性騎士様もいるけれど、あれ??

混乱する私に対して、如何《いか》に私が騎士に向いているかを熱弁する騎士団長。

氷の騎士（笑）は何処《どこ》行ったの??　あの、取《と》り敢《あ》えず、その手を離《はな》して欲しい。そして、私をちょっと落ち着かせて欲しい。……はい、離して下さい。そう、はな……離してええええ!!

私の切なる願いを汲《く》んで、騎士団長は漸《よう》く手を離した。——しかし謎《なぞ》の勧誘《かんゆう》は続く。

「やはり実戦では、技量よりも胆力《たんりょく》が物を言う所がある。そして、ルルリーア嬢は稀《まれ》に見る胆力の持ち主なのだ。だから騎士に！」

「お断りいたします」

反射的に断わる。淡々と、しかし熱意を持って言われるが、褒《ほ》め言葉《ことば》なのかもしれないようなものが聞こえてくるが、私は断じて認めんぞ!! 騎士にならんぞ!!!!

っていうか無理ですからぁぁぁ! 学園でも『騎士適性無し』って言われたんだから!!

……いや女性なら大半はそうなんだけどね……なんだか悲しくなってきた。

なおも言《い》い募《つの》る騎士団長から目を逸《そ》らして外の景色でも……ああ、無骨な石の壁しか見えない。何てことだ、視線すら逃げ場がないなんて。

本当におうちが遠い。なんでだろう、今頃《いまごろ》は馬車に乗っててもいい筈《はず》なのに……。

――兄様ぁぁぁ!!!! 助けてぇぇぇ!!!!

……うん、やっぱり幻影すら出てきてくれない……くすん。

私が悲しんでいる間も、騎士騎士しつこい騎士団長に、イライラが募る。

騎士様ならもう充分《じゅうぶん》居るじゃないか、騎士団が人手不足なんて噂《うわさ》、聞いたことないぞ⁉⁉

ここは完璧にきっぱりと断らなければ。諦《あきら》める様子のない騎士団長に、私も諦めずに言う。

「大体、淑女が騎士になりません。剣《けん》の腕もないですし……最低限必要な魔術《まじゅつ》すら出来ませんよ? それに何と言っても、私自身騎士になりたいと一度も思ったことがありません」

一分の隙もなく、私が騎士になる可能性はないと力説する。というより事実だ。

まったく、何を血迷えばこんなことが起きるんだ、騎士団長よ。

「そうか……あぁ惜《お》しい……。これで実力さえあれば……」

憂《うれ》いを浮かべて溜息《ためいき》を吐く騎士団長。私の気持ちが通じたのか、諦めたようだ。よし。

……それにしても、何故此処《なぜここ》まで惜しまれるのだ？？　ちょっと興味が出てきたぞ？

溜息交じりに続ける様子の、騎士団長の次の言葉を待つ。

「私の理想の女性になるだろうに……」

………………ふぁっえっあ、あぶなっ!!!!　ええっ!?!?　ってことはつまり…。

私、強かったら騎士団長の好みに当てはまったってこと!?!?　私か弱くてよかったぁぁあ!!!!

いや別に騎士団長が嫌とか…いや嫌だわ、話したこともない淑女に見込み通りとか言って、殺気ぶつけてくる男なんて嫌だよ。いくら顔が良し『騎士団長』の高地位という、貴族令嬢《れいじよう》として理想の結婚《けつこん》相手であっても、嫌だ。

ま、そんなことどうでもいいか。私は鍛《きた》えなければ好みから外れてるんだし、鍛える気もない。問題なし私対象外!!　……ということで、私は好奇心《こうきしん》の赴《おもむ》くまま、騎士団長に聞いてみる。

「……ちなみに、騎士団長閣下の理想の女性とは……？」

だって気になるじゃない？　あのどんな美姫《びき》の前でも表情をそよりとも動かさないことで有名な騎士団長だよ？　最近の騎士団長の態度は異例中の異例なんだ。

私がそう聞くと、少し頬《ほお》を染めて恥《は》ずかしそうにする騎士団長。

いや、何その乙女反応。

聞いたことを後悔《こうかい》してちょっと引いてしまったが、騎士団長はきっぱりと答える。

「そうだな……どのようなことにも動じない胆力を持ち、私と共に戦うことのできる女性だ」

ぜ、絶望的!!!!!!!!　騎士団長は自分の力量、分かってるの？？？？？

遠征《えんせい》訓練中にはぐれドラゴンが紛れ込んできたら、鍛錬《たんれん》だって単独で傷を負わずにドラゴンを島に帰したことで有名な、あの騎士団長だよぉぉぉぉ!?!?!?

ドラゴンと無傷で戦える未婚女性……我が国《くに》にはいないんじゃ……。あ、一人いる。

「それならば、アイリーン様は？　確か彼女の魔術は一級品と名高いですし、騎士団長と肩《かた》を並べて戦えるのでは？」

「ああ、彼女か。……確かに実力はあるのだが、戦い方が好みではないな」

はぁ、左様ですか。好感＝戦い方ってどうなのよ、脳筋か脳筋野郎《やろう》なのか。

それで、騎士団長という地位で二十四歳《さい》まで結婚してないのか。道理で美姫なんて目に入らないはずだよ。皆《みな》守られる側だもんね。

それにしても戦い方まで条件に入ると、更《さら》に結婚相手が居なくなるぞ騎士団長よ。生涯《しょうがい》独身でも貫《つらぬ》くつもりなのかな？

そんな、親切にも私が騎士団長を心配をしていたら――――

「それにやはり」

――ヒュッ

空気を切り裂《さ》くような音がしたかと思ったら、首元に違和感《いわかん》が。

…………私、騎士団長に、首にナイフ当てられてるよ、どゆこと。誰《だれ》かオシエテクダサイ。

全く反応できなかった。今少しでも動けば、私のか細い首など簡単に落ちてしまうだろう。

――――加えて。


目の前の男は、さっきまで隣にいた騎士団長なのだろうか。

ドロドロに溶《と》けてしまいそうなほどの殺気を、私に向けて容赦《ようしゃ》なく浴びせてくる。

ソレを全身で受けて、私の項《うなじ》がビリと痺《しび》れた。

パーティー中に向けられたモノより濃厚《のうこう》な殺気を込めて、氷と称《しょう》されるその薄青《うすあお》の目がその氷も溶けそうなくらい、私を真《ま》っ直《す》ぐ見ていた。――――だから私も安易に目を逸《そ》らせなくなる。


薄暗い廊下に二人だけ。首にはナイフ。

もし騎士団長が少しでもその手を引けば、私の命は終わる。

そんな状況《じょうきょう》に、腹の底から恐怖《きょうふ》が迫《せ》り上《あ》がって、喉元《のどもと》まで届く。――――だけれども。

確かに怖い。怖いは怖いが……そう、ムカムカしてきた。

なんだかわからんが、騎士団長にいきなり殺される理由もわからん。――――そして死んでやるつもりもない。全くね!!!!!!

身体の全《すべ》てが、全力で目の前の男から逃げ出そうとするのを、意地と気合だけで押さえつける。

――逃げてたまるか。

恐怖で喉《のど》が引《ひ》き攣《つ》って、情けない声以外出そうになかった。

だから、残りの、なけなしの精神をかき集めて。

私の全力で、騎士団長を、睨みつける。

「そう、こうでなくてはな」

恍惚《こうこつ》とした顔で、騎士団長が囁《ささや》く。「こういう女性を、探していたのだ」と。

殺気を跡形《あとかた》もなく消し、ナイフも現れたときと同じようにいつの間にかない。

向けられた殺気がなくなって、全身から汗《あせ》が吹《ふ》き出《で》てきた。緊張《きんちょう》から解放されてよろめきそうな身体を震《ふる》える足で踏《ふ》ん張《ば》る。そんな私に構わず、騎士団長は続ける。

「その睨みつけてくる目が、いい。美しい」

そっと、まるで愛《いと》しいものに触《さわ》るように、騎士団長は私の目元に指を添《そ》わせる。

――ぷっちん。…………キレた。私キレました。

――ドガッッッッッ!!!!!!!!!!!!

「いっ!? なっ!? ルルリーア嬢っ!?!?」

私の非力な手じゃ止められると思って、脳筋野郎（騎士団長）の脛《すね》を、ヒールで思いっきり蹴飛《けと》ばした。――大して痛くなかっただろうが、ヤツは驚《おどろ》いて目を瞬《また》かせる。

そんな、脳筋野郎（騎士団長）に、私は渾身《こんしん》の思いを込めて、叫《さけ》ぶ。

「何回私に謂《いわ》れのない殺気をぶつければ気が済むんだぁぁぁぁ!!!!!!!!!!」

もう一度蹴ろうとしたが、ひょいと躱《かわ》されてしまった。

いやそこは蹴飛ばされときましょうよ。空気読めよ。騎士団長サマよぉぉ!?!?!?

「す、すまんっ！ ついつい………ルルリーア嬢なら平気だからと」

ギロッと睨むと、騎士団長は口を噤《つぐ》んだ。

きっちりした騎士服に、くっきり足跡《あしあと》のついたズボン。

――――はん！　ざまあないね!!!!

大体ねぇ！　殺気をぶつけられて平気な淑女がどこにいるんじゃ、って、ここかぁぁ!!!!　でもね、平気だけど怖いんだよっ!!　理解《わか》れよぉぉっ!!!!

「もうこのようなことは金輪際しないで頂きたい。そしてこの先、身体を鍛える気もありません。なので、貴方の理想の女性とやらには、絶対全くなりませんので、ご了承《りょうしょう》下さい!!!!」

こんな脳筋殺気野郎の妻なんて、苦労しかしなそう！　無理無理っ！　絶対無理ぃぃ!!

決意を込めて、再度睨《にら》みつけると、悔《くや》しそうに首を振《ふ》る騎士団長。

「むぅ……惜しいなぁ……」

口を尖《とが》らせるな、氷の騎士（笑）よ。世の中には叶《かな》わぬことのほうが多いのだよ。

そのまま諦めなさいな、騎士団長よ。諦めてくれお願いだから。

そんな私の願いとは裏腹に、騎士団長は良いことを思いついたとばかりに、目を輝かせてコチラを見る。………嫌《いや》な予感しかしない。

「そうか!!　騎士団長補佐《ほさ》、ということで、見習い騎士から始めないか？」

……だから、なにを、始めるんだぁぁぁぁぁ!?!?!?!?!?

ちっとも諦めてなかった、誰かこの脳筋野郎に『諦める』って言葉を教えて下さいぃぃぃぃぃ!!!!

∞　∞　∞　∞

その後もしつこく騎士騎士言う騎士団長を必死で躱しながら、我が家に帰り着いた翌日。

何故か私宛《あて》に送られてきた騎士のバイブル『騎士のすすめ』を速攻《そっこう》で燃やした私は悪くない、悪くないぞっ!!!!!!

我が国の最強の騎士である騎士団長から贈《おく》られた意味不明な物を前にして、それを無言で燃やした私を前にして、父様母様兄様仲良く倒れました。

それもこれも、全部、『国王専属愚痴聞き係』が悪い!!!!!!

………………そうだよね??　もちろんそうさ。……私は何もしていないもの、まったくどういう流れでこうなったんだ??

私は心の底から願いを込めて叫ぶ。

――コウナルマエニ、カエリタイィィイ!!!!!!

閑話　どうでもいいです青年は胃を苛まれる

§　§　§　§

――あぁ、胃が痛い。

妹が生まれて兄となった瞬間《しゅんかん》から、俺《おれ》の人生は試練の連続だ。

もちろん、赤子のときの妹ルルリーアは、赤子らしく可愛《かわい》かった。

頬を突《つつ》くとふにゅふにゅ言いながら笑うものだから、当時六歳だった俺はその愛らしさに骨抜《ほねぬ》きにされたものだ。

その頃《ころ》の面倒《めんどう》と言えば、ばぶばぶと不明瞭《ふめいりょう》な声を発し、こちらに母上特製のドラゴン人形を投げつけてくるくらいだった。

……窓ガラスに当たって丁度通りかかった侍女《じじょ》が悲鳴を上げたけれども。

そのくらいなら、初の女児に浮かれていた父上母上そして俺の三人は、元気だなぁなんて笑って、お披露目《ひろめ》のときはどんな服を着せてあげようか、もっとおもちゃでも買ってやろうか、なんてワイワイ相談していた。――うん、平和だ。とんでもなく普通で平和だ。

そんな平和から一変して俺の試練が始まったのは、リーアが自分の意志で行動出来るようになってからだ。

目を離すと、色々な厄介《やっかい》事を引き起こしてくるのだ（本人曰く、自分は何もしていないというが絶対に違《ちが》う。間違いなく違う）。

――そう、這《は》うだけの、幼児の時期はまだいい。

庭師のトムが突如《とつじょ》花壇《かだん》に現れたリーアを見つけて腰《こし》を抜かしたが、拾って部屋に戻《もど》すことができるからな。ソレで解決だ。至極《しごく》簡単だ。

それに被害《ひがい》は屋敷《やしき》の中だけ、父上が胃を痛め、母上が気絶するだけだ。

その時から少しずつ、『女の子にしては活動的すぎじゃないか？　いや、幼児ってこんなに移動するものか？』とリーアに対して普通じゃないのでは疑惑《ぎわく》が浮上《ふじょう》してきていた。

俺の時は確かに男児らしくやんちゃではあったが、部屋から脱走《だっそう》する前に侍女や執事《しつじ》、使用人に見つかるから、庭になんて出なかったらしい。

そう考えると、アイツはどうやって出たんだ？　………まあ、今となってはそれはいい。


リーアが二足歩行を始めてからが、俺の試練の本番だ。……思い出《だ》しただけで胃が……。

伯爵令嬢として、我《わ》が家《や》の初めての女児として、大切に警護されているはずのリーアが、何故か他国の商船に乗っていたり、父上の部下の養子になりかけていたり。

リーアに理由を聞いても『あるいてたらおっきいおくちー』とか『ばしばししてたのー』とか幼子特有の理論説明だったため、全くわからなかった。ここは普通の子供なんだよな。

その船が親切な商人のもので、モゾモゾ動くリーアが入っていた荷物袋《ぶくろ》に船員が気づいてくれたからよかったものの、後ちょっとで隣国《りんごく》に連れて行かれたとこだったんだぞ？

本人は事の深刻さが理解出来ていなかったが。

養子にしかけた部下なんて、まさか拾った幼児が領主の娘《むすめ》だなんて思ってなかったから（当たり前だ）、責任を取って自害するだの大騒《おおさわ》ぎになったんだぞ？

まあ、父上が『お前は悪くないから……』と許し、それに感激した彼《かれ》が我が家の忠実な部下になったのは、怪我《けが》の功名ではあったが。

——胃を痛めた父上の補佐に入るようになったのはこの頃《ごろ》からだったかな。まだ俺は十歳になったばかりだったと思う。遊びたい盛りだ。

だから、あんなに可愛かった妹が小憎《こにく》たらしく思えてきたのも無理はない。

当時は本気で『あいつ養子に行かないかな』と思ったものだが、それも今思えばこんな騒動《そうどう》も可愛いものだった。


真の試練は、リーアに、あの魔王《まおう》の友達が出来てからだ。


名前を言えば彼女《かのじょ》に察知されるから言えない。

俺が陰《かげ》で『魔王』なんて言ってることが知られたらっ⁉　……考えるだけで恐ろしい。

――――そんな彼女は、外見は美少女と言っても申し分ないが、中身は少女なんて可愛らしいものではない。

初対面の時、俺は十二歳、魔王少女は六歳。

魔王との体格差は一目瞭然《いちもくりょうぜん》のはずなのに、ひと目見た瞬間、『あ、コレには勝てない』と本能で悟《さと》った。――――何にだって？　総《すべ》てに於《お》いて、だ。

その、名を言うことすら憚《はばか》られる恐ろしい彼女だが、なんと驚くべきことに、リーアと同い年の少女なのだ。もう一度言おう、リーアと同い年なのだ。

その恐ろしき魔王少女は我が領の隣領《となりりょう》の伯爵家《はくしゃくけ》の令嬢だ。実直な性格の騎士である伯爵から何故あのような恐ろしい娘が生まれたのか謎だ。大いなる謎だ。

そんな魔王少女が友達になってから、事態が俺達《おれたち》家族の手に負えなくなった。

『こぶんができたのー』と言うので調べると、自領に十数人規模の自警団のようなものが出来ていたり。――――裏組織への偵察《ていさつ》や幾《いく》つかの組織を壊滅《かいめつ》まで追い込んでいた。もちろん情報元は魔王少女だ。あの時は、我が家への火の粉を払《はら》うのに苦労したなぁ……。

『わるいひとがいたのー』と言うので調べると、海賊《かいぞく》らしき一団が居たような残骸《ざんがい》と形跡《けいせき》があったり。――――リーアと魔王少女によって、違う領へ追いやったようなので慌《あわ》てて警告を出した。あのときは海賊を故意に差し向けたと思われて、その領と抗争《こうそう》が起きるかと思った。

『変な物を売りつけられた』と言うので調べると、密航船が停泊《ていはく》していたり。――――違法《いほう》薬物を売っていたので逮捕《たいほ》できた。これはお手柄《てがら》だな。

怪しげな市場に何故か娘が居た事実に、父上母上は倒れたが。

全て貴族の令嬢が起こすような事件じゃない。

しかし、リーアから話を聞かなければ事件が起こっていることすらわからず後手に回るため、我が家では家族会議が必須《ひっす》となった。……それと同時に我が家に胃薬が常備薬になってしまったのは、必然だろう。

――ある事件に遭《あ》ってからは大人しく、はなってないが、少なくとも自ら事件に突っ込むようなことはせず、回避《かいひ》行動らしきことはするようになった。

もしかしたら、俺の知らないナニカが起きているのかもしれないが、今のところ我が領への影響《えいきょう》はない、はずだ。……このまま知らないままが平和でいいが、手遅《ておく》れになっていたらと思うと悩《なや》ましいところだ。


「兄様っ！　聞いてます？？」


おお、そういえば何かの相談に乗っていたんだったな。

その内容も覚えてはいるが、忘れたいから聞いてないことにしていいかな。いや無理か。拳《こぶし》を握《にぎ》りしめ憤慨《ふんがい》するリーアに向けてチョコを放《ほう》り投《な》げると、器用に口で受け取る。

一応貴族なんだから手で受け取りなさい。そんなことだから……まあいいか。

チョコを頬張《ほおば》り幸せそうに顔を緩《ゆる》めるリーアを見ながら、妹が学園へ行っていた間、俺の生活は平和だったな、と胃の辺りを握りしめる。

永遠に学園に居ればよかったのに。……それは学園側から拒否《きょひ》されるな。

小さなチョコで満足するようなリーアが何故、卒業早々『国王専属愚痴聞き係』なんていうめんど……名誉《めいよ》な役を任じられ、王弟殿下と騎士団長《きしだんちょう》に目をつけられるんだろうか……。

――自分の妹をまじまじと見る。

外見は、身内の贔屓目《ひいきめ》で見ても普通。それほど酷《ひど》いパーツはないから、『まあ可愛いんじゃないか?』とお世辞交じりに友人に言われるくらいだ。

武の才があるわけでもなく、魔術に至っては壊滅的《かいめつてき》。行動に難があるものの、特出するところなどはないはずなのに。

美しく魔術の才があり、その行動力で人助けをしているという噂の公爵令嬢《こうしやくれいじょう》のように、高位貴族に目をつけられるような娘《こ》じゃないはずなんだ。

リーアからの話を聞いた限りでは、一応高位の方々への対応は成長していると思うが、厄介事まで成長させるのは止めてほしい。本気で止めてほしい。

おっと、また物思いに耽《ふけ》ってしまったからリーアに睨まれている。……やれやれ仕方がない。

「あぁ、聞いている聞いている。王弟殿下に迫《せま》られて、陛下に相談事を頂いて、騎士団長閣下に騎士勧誘《かんゆう》されたんだっけな」

…………自分でまとめておいて何だが、あまりの事態に意識が遠のきそうだ。

一体何をすれば弱小貴族の小娘《こむすめ》にこんな事態を引き起こせるのか。

そして、それを平然と報告できる妹よ。

俺はお前と違って繊細《せんさい》なんだよ。もう少し俺に気を使ってくれ。

遠い目でリーアを見ていると、何を言っているんだと言わんばかりの目で見られた。

……それで合ってるだろう？　他にまだ何かあるのか？

――いや、お前の兄はもう何も聞きたくないぞ。


「ひどいっ！　そこじゃないわっ！　殺気ぃぃ!!　騎士団長に殺気を向けられたの!!!!

私淑女なのに!!!!!!　酷いと思わない？　兄様!?」

そっちか。…………そこは兄が敢えて触《ふ》れなかったところだよ、妹よ。


リーアが淑女じゃないのは周知の事実なのに、最近自分のことを『淑女』と言うのが妹の流行《はや》りらしい。

だが、王国最強の騎士に殺気を向けられて耐《た》えられる淑女はいない。

そして直後にその最強の騎士を足蹴《あしげ》に出来る淑女もいない。――賭《か》けても良い、いない。この世に存在しない。

居るのは同じ強者だ。リーアは騎士にされそうだとか言っていたが、あの話の流れじゃ、婚約《こんやく》を申し込まれる方が確率が高そうだ。というか何故その思考にならない、妹よ。

だがよかったな、騎士団長の嫁《よめ》か、大出世だなリーア。おめでとう。……おめでとう？？

…………いやいや待てよ？　妹の夫……つまり俺の義弟に騎士団長……。

脳裏《のうり》に浮かぶのは、王宮でごくたまにすれ違う、冴《さ》え冴《ざ》えとした美貌《びぼう》の、無表情しか見たことのない『氷の騎士』の二つ名の似合う、騎士団長の姿。

それが俺に対して『義兄』と言い、平凡《へいぼん》な我が家の親戚《しんせき》として同じテーブルに着く、と。

――無理無理、絶対無理だ。胃が持たない。

あんな強くて美丈夫《びじょうふ》な男に『義兄』なんて呼ばれた日には、俺の胃は爆発《ばくはつ》する。

父上と母上は同じ空間に彼が娘婿として居るだけで儚《はかな》くなりそうだな。

そんな未来を思《おも》い描《えが》きもしないのか、能天気な顔で、『殺気が殺気が！』と騒《さわ》ぐリーア。

その前に家族を心配してくれ、タルボット家存続の危機だぞ？

騎士団長と弱小伯爵家じゃ、物理的にも立場的にも婚約を申し込まれたら逃《に》げられそうにないが、そこは意外性のカタマリな我が妹ルルリーア。きっとどうにかするだろう。

……というかしてくれないと困る。主に俺、そして父上と母上が。

「逃げろよ、全力で。頑張《がんば》れリーア」

胃がシクシクと痛むのを宥《なだ》めながら、妹へ応援《おうえん》の意を込めてチョコをもう一つ投げてやった。

三章　どうでもいいからこっちを見ないでくれ!!

∞　∞　∞　∞

——例のお役目、『国王専属愚痴《ぐち》聞き係』（笑）の第一回目をこなしてから数日。

それはもう酷い日々だった。——誰か私の安穏《あんのん》とした日常を返してくれ。

なんと、普段《ふだん》であれば我が家など歯牙《しが》にもかけないだろう家からの、夜会茶会の招待状達が届いたのだ。しかも私宛《あて》に。

『王族専属愚痴聞き係』の件は秘匿《ひとく》されているはずだから、どうせ（元）王太子殿下《でんか》婚約破棄《はき》騒動《そうどう》の（強制的に入らされた）一員で、その後誰かに呼び出された私から話を聞いて、娯楽《ごらく》の種にしようということなんだろうな。

当のアイリーン様は公爵令嬢でおいそれと招待できないから私に、ってところだろう。

折角《せっかく》卒業パーティーで逃げ切《き》れたと思ったのに、無念である。

お陰様《かげさま》で、今までは我が家宛に来た書状はもちろん執事から父様へ渡《わた》されていたのだが、今では手紙が届くたびに、執事のじいは宛名も見ずに私に渡すようになった。

ほらこれ父様宛が紛《まぎ》れてますよ？　サラのお父様からだから見ても問題ないですよーって、親として年頃《としごろ》の娘への手紙に目を通さんでいいのか。父よ母よ。

逆に私が全てを見ている、この現状はいいのだろうか？

生暖かい目で長年仕えてくれている執事のじいが、今日も忌々《いまいま》しい招待状を私に渡してくる。

これは南部で今勢いのある伯爵家からか。………げ、アイリーン様信奉者《しんぽうしゃ》、若き辺境伯《はく》からの夜会招待状まである。早く王都から自領に帰りなさいよ。

一通り目を通してから、私宛の招待状を全て一塊《ひとかたまり》にして積み上げる。

――ま、全部断るんだけどね！

清々《すがすが》しい気持ちで片《かた》っ端《ぱし》からお断りの返信を書く。

宛名と茶会か夜会かの違いしかない文章だけど、私からの返信を見せ合う訳じゃないから、イイヨネ!!

そんな返信にお気に入りのカードを使う気にもなれないから、母様のカードで全て書く。私の年齢《ねんれい》にしては少し地味だけれど、全く気にならない。

どうせ全部、面白《おもしろ》半分の見世物としてか、アイリーン様信奉者からもあるから友人になるのを断った私への嫌がらせ、だからね!!!!

そんな夜会か茶会になんて参加したら、私の繊細な心が傷ついてしまう。断って正解だね！

この時ばかりは、周りに左右されにくい微妙《びみよう》な立ち位置の我が家に生まれてよかった!!と感謝している。しがらみとかあったら一々宛名の家を気にしなきゃいけないとこだったよ。

父様は万年平役人、かつ胃腸の弱さにより自ら出世を固辞しているから、父様への圧力はほぼ問題なし。

領地も沿岸に面した狭《せま》い土地の中でひっそりと地産地消で暮らしてるものだから、他領から圧力を掛《か》けられても影響はそれ程《ほど》ない。

だから心置きなく、父様の出世とか自領のしがらみとか考えずに、どんな相手でもすっぱりお断りできちゃうわけだ！（王家は別だが、今のところないから考えない）

万歳《ばんざい》、お父様!!　万歳、タルボット領!!!!

――兄様の将来が、どうなるかは知らないけど。

『俺終わった……』と抜《ぬ》け殻《がら》のようになった二十二歳、これから輝《かがや》かしい将来を迎《むか》える予定だった兄を、私は知らない。全くもって、知らない。

大丈夫《だいじょうぶ》、自力で頑張ってね、兄様なら出世とか色々出来るって、私信じてる。

死んだ魚の目になっていた兄様のことは忘れて、辺境伯へ招待お断り文句を書き終える。

ああすっきり。コレで今日の問題は万事《ばんじ》解決。

さあ、一人お茶会でも、しようかな!!

∞　∞　∞　∞

――そんなこんなで面倒な招待状を全て断わり続けて幾星霜《いくせいそう》。

その甲斐《かい》あって、私への招待状攻撃《こうげき》は止《や》んだ。

実のところ、その矛先《ほこさき》は父様と兄様に行ったらしいが（父様と兄様がお酒を飲みながら愚痴《ぐち》を言い合っていた）――――それはそれ、これはこれ。

というのも、今日は女の子なら皆《みんな》浮《う》き立《た》つ事必須。そう、新しいドレスの試着会なのだ‼

悪いね‼　父様、兄様‼‼

「いい色でしょ？　どう、マーニャ。似合ってる？？」

着付けを手伝ってくれた侍女のマーニャに向かって、くるりと一回り。

うんうん、明るい空色の、柔《やわ》らかな色合いのスカートが、光に透《す》けてキレイキレイ。

そしてこの胸のあたりの刺繍《ししゅう》が可愛いんだよね‼　これとこの色に一目《ひとめ》惚《ぼ》れ一目買いしちゃったわけよ‼‼

鏡の前でニヤつきながらマーニャに感想を聞く。が、褒め言葉しか受け付けないぞ？？

そんな私へ、鏡越しに生暖かい視線を送りつつ、侍女らしくドレスの細部を整えながら、侍女らしからぬ感想を寄越《よこ》してきた。

「そうですね。お嬢様《じょうさま》の、その微妙な金の御髪《おぐし》に、とてもよく似合ってますよ」

――――一言余計だわ‼‼　マーニャめっ‼

確かに、百人に聞いたら、六十人くらいが『……茶色？？』、残りが半笑いで『き、金色かなぁ』というぐらいの微妙な髪色《かみ》だけどっ‼‼（タルボット領民調査済）

そこは置いておいて、ドレスを着た私を素直《すなお》に褒《ほ》めてほしいのよマーニャ。

恨《うら》めしく思いながら鏡越しに睨《にら》むが、マーニャは気付かないふりを決め込んで片付けを始める。私付きの侍女なんだから、もう少し主人《わたし》に対して優《やさ》しくしてくれても良いんじゃない？

だがしかし!!　今の私はとっても寛大《かんだい》なのだ。だから、マーニャの『とてもよく似合ってますよ』の部分だけ、聞いたことにしてあげよう。私凄《すご》く優しい。

なにせ陛下から労働の対価として頂いた宝石を売ったお金の一部で、この新しいドレスを買って貰《もら》えたからね!!!!


まずは父様母様兄様を相手取って、宝石を売る決意をさせるところから始まった。

最近『国王専属愚痴聞き係』に任命されてから、碌《ろく》なことがない。

なので、陛下には申し訳ないが、どれほどの価値かわからないけれど、それによって得た宝石なんて、早く無害な貨幣《かへい》に交換《こうかん》したい。——きっと恐《おそ》らくかなりの高い確率で、何か悪いものが憑《つ》いているに違いない。手元に置いておきたくない、ということで。

『王家から下賜《かし》された物を売るなんて恐ろしくて出来ない！』と慄《おのの》く母様を『むしろ何故《なぜ》

王家から宝石を賜《たまわ》ったのか勘《かん》ぐられる証拠《しょうこ》として残っている方が不味《まず》いのでは？』と説得すると、コチラ側になった。………早く売りましょうとせっつくほどに。

『売った後の金の所在が、なぁ……』と渋《しぶ》る兄様を『こっそり備蓄費《びちくひ》に混ぜちゃえばいいんですよ。……そっちの監査《かんさ》は甘《あま》いですからね』と説得すると、コチラ側になった。

………冬の備蓄費、結構切羽《せっぱ》詰《つ》まってたもんね。

二人が陥落《かんらく》したというのに、『どこかに王家の紋章《もんしょう》でもあるんじゃないか？　火に翳《かざ》すと浮《う》かび上がってくるとか？　台座の裏に刻印されているとか？？』と、しつこく酷く疑う父様。

——これは私にはお手上げだ。

冷静になってくれよ父様。王家の紋章入りの宝石をホイホイと下賜する訳ないでしょう。どんなに説得しても父様は折れなかった。

仕方がないので、知り合いの宝石職人に隅《すみ》から隅まで確認《かくにん》して貰い（もちろん台座も外してと言ったら笑われた）宝石の鑑定《かんてい》をして貰った。中々の金額で、保証付き。

漸《よう》く父様もコチラ側。

こうして呪《のろ》われし宝石を換金《かんきん》できたのだ……。道のりが、長かったよ………。

全額冬の備蓄費に回すのかと思いきや、不足分の補填《ほてん》以外は私の結婚支度金《けっこんしたくきん》（相手はまだ居ない）として取っておいてくれる、と。

家族からの愛を感じるよ!!!!　やっぱり換金してよかった!!

おまけに好きなドレスを（一着だけだけど）買っていいと!!　これは運が向いてきたのでは!?

こうして、私は一目惚れしたドレスを、無事自分のモノに出来た訳なのだ!!


「かわいいかわいい。似合ってるわよ、リーア」

そう褒めてくれるのは、窓からの光にキラキラと輝く羨《うらや》ましい金色の髪の持ち主、我が親友のサラだ。

明日行く予定（行きたくない）の、アイリーン様主催《しゅさい》の茶会に出席するため、衣装合わせと称したお茶会の真っ最中。とは言っても二人でお店で選び合ったのだから、互《たが》いが選んだものは知ってるんだけどね！

だがしかし、真っ直ぐ褒めてくれたサラに、満面の笑《え》みで御礼《おれい》を言う。

「えへへ、ありがと!!　サラが一緒《いっしょ》に選んでくれたお陰だよ。流石《さすが》サラ、いいセンスしてる!!!!」

「まあ当然ね」

ちょっと大げさに言ったのに素気無《すげな》く返される、くすん。

ちなみにサラは青紫のドレス。店で見た時はサラ好みのシンプルなデザインだった筈《はず》が、何故かその時にはなかったレースが付いている。……これは絶対にサラのおば様がつけたね。

でもシンプルさを崩《くず》さず甘くもならず、絶妙《ぜつみょう》な配置になっているから、サラが仕立て直したんだな。いつもながら、そのセンスの良さに脱帽《だつぼう》ですよ！　サラ様!!

サラのドレス姿も絶賛して（だって完全にお人形ですよ！　作ったら売れそう！）、満足満足。

さてさて、お茶会の再開でもしましょうか！

そんなウキウキな私に、サラはなんでもない顔で、とんでもないことを言った。

「そういえば、リーアが招待されたけれどすっぱり断った辺境伯主催《はくしゅさい》の夜会。あれに珍《めずら》しく王弟殿下《でんか》が出席なさったそうよ」

――――げ、あ、あぶなかったぁぁぁ!!　断ってよかった!!　遭遇《そうぐう》するところだった!!!

なんなんだあの女の敵、王弟殿下め!!　いつもなら王家主催の夜会にしか出席しないのに、どういう風の吹き回《まわ》しだ？？

首を傾《かし》げていると、サラがそれはそれは楽しそうな顔で、答えを教えてくれた。

「リーアに辺境伯から招待状が贈られたから、と見るべきね」

……おうおう、私への嫌がらせか、そうかそうですね。

恐ろしい事実に、私が盛大に顔を顰《しか》めていると、サラは更《さら》に楽しそうな顔で私をからかう。

「いいわね、追いかけられて？　大人気ね、リーア。……ふふっ、楽しそう」

「楽しくない、全然楽しくない。むしろ代わってほしい、お願いしますサラ様」

クスクス笑うサラに、本音をぶちまける。

親友たる私の危機に対して嬉々《きき》とするなんて酷いぞ!!

……良いことを思いついた!!

そうだ、そうだよ！　お人形さんのように綺麗《きれい》なサラなら、あの忌々しい王弟殿下を引きつけられるんじゃ!?　そして興味を失われた私はその間に全力で逃げればいいのでは!?

なんという完璧《かんぺき》な作戦!!　――――これだ！　我が親友よ!!

期待の目で見る私を、サラは笑みも崩さずさらりと返答した。

「いやよ、他人事だから楽しいいんじゃない」

断られた、普通《ふつう》に断られた。

いやいや、社交界の貴公子（笑）、麗《うるわ》しの王弟殿下だよ？？　いいじゃんサラ、美男美少女でお似合いだよ。

押《お》し付《つ》けたい気持ち満々の私を見透《みす》かすように、目を細める。怖《こわ》いよサラさん。

「そんなことより」と艶然《えんぜん》と笑うサラ。

王弟殿下のことを『そんなこと』って……確かに『そんなこと』だね!!　で、何かな?

「陛下とお茶友達なんて。大出世ね、リーア」


紅茶を飲もうとして持ち上げたカップが、ガチャリと音を立ててソーサーに戻っていく。

淑女《しゅくじょ》にあるまじき失態であるが、そこは見逃《みのが》して下さい鉄壁《てっぺき》先生。

だって、だってサラがぁぁぁぁ!!　なんでそれ知ってるの私お茶友達じゃない!!　変な愚痴を延々と聞かされてるだけなんだよぉぉ!!!!!!

誓《ちか》って言うが、私はあの『国王専属愚痴聞き係』の話等々、サラに一切喋《いっさいしゃべ》っていない。

一応王族関《かか》わりのことだからね?　――なのに知っているというこの矛盾《むじゅん》。

お茶友達、なんてサラは言ってるけど、『愚痴聞き係』の存在がバレているような気がする。全く……どうやってその情報入手したんだ???　あっ、いえ大丈夫《だいじょうぶ》です、むしろ知りたくないです、はい。

明後日の方向を向いて、とりあえず無駄《むだ》だろうけど一応黙秘権《もくひけん》を行使する。

――――私は喋っていないよ！　陛下ぁぁ!!!!

そんな私に、どうする？　と問いかけるような、実に楽しそうな顔で待つサラ。

わ、話題を逸《そ》らそう、そうしよう！　これ以上この話を続けたら、私絶対にボロを出す。

「そ、そそそそういえばさ！　卒業パーティーのときのマリアさん、あれだよね、なんかすごかったよねっ!!!!」

なんという見事な話題転換《てんかん》。ではないことは、自分が一番良く知っている。

サラに呆《あき》れた顔で見られなくても、理解《わか》ってるのよ私。でもこれで押し通《とお》していきたい。

「……そうね。私は在学中ずっと、彼女の行動に違和感《いわかん》があったわね」

「違和感？？」

「ええ、王族や格上の相手に対して、根拠《こんきょ》の見当たらない自信に満ちた行動。……彼女自身はそれ程自己主張が強くなかったにも関わらず、ね」

そうだったっけ？　と首を捻《ひね》る私に、サラは軽く肩《かた》を竦《すく》めると、「まるで自分の未来が決まっているみたいだったわ」と続けた。

そんな馬鹿《ばか》なと言いたいところだけれど、サラは根拠もなしに言ったりしない。……それじゃあマリアさんは、未来を見通せる、巫女《みこ》とかだったのか？？

固唾《かたず》を呑《の》む私を見て、「調べてないわよ？　興味ないもの」と言うサラ様。

——そうだった、興味がなかったら、サラはどんなことだって適当に言うんだった。忘れてたよ……。いや、でも適当に聞こえても実は当たってたりするから、恐ろしいんだよね。

「それよりも、公爵令嬢《こうしやくれいじよう》の方が気になるわ」

「え？　アイリーン様？」

凄く殿方《とのがた》に好かれる以外に、何かあったのかな？　理解った、やっぱり精神操作系の魔《ま》法《ほう》使いなんだなっ!!

その推測を披露《ひろう》するが、サラは意味ありげに笑うだけだった。あれ？　違うの？

「軽く探《さぐ》ってみたけれど、統制の取れた情報しか出てこなくて、ね」

それは確証を得られ次第《しだい》教えるわと言って、サラは我が家の粗茶《そちや》を優雅《ゆうが》に飲む。

むむむ、ということはアイリーン様にはもっと凄い秘密が、それもサラが好きそうな秘密があるってこと？　——おお怖い怖い、私は何も知らないよ！　さあてと、私も飲もーっと。

そしてサラは軽い口調で、「公爵令嬢と言えば」と前置いて、更に衝撃《しようげき》の一言を述べる。

「そっちにも公爵家の暗部が行ったでしょ？　ウチにも来たわよ」

ぶっ………っく！　危《あや》うく新しいドレスに紅茶を吹《ふ》きかけるところだったよ！

なに、『知ってるでしょうけど』みたいな感じで言ってくれちゃってるのさ我が親友はぁ!!

「えぇぇぇぇ!?　なにそれ知らないよ!!!!　え、いつ来たの？」

「あら、そうだったの。昨日よ」

驚《おどろ》く私を余所《よそ》に、サラはまたしても時候の挨拶《あいさつ》のような、至極当たり前のような声色《こわいろ》で、コチラの知り得ぬ情報を言う。――――そんなサラの言葉を、考え込みながら唸《うな》る私は、しがない伯爵《はくしゃく》令嬢。

昨日？？　昨日昨日、きのう……何かあったっけ、唸れ私の頭脳よ!!

ええと……。

朝起きて、丁度パンが焼き立てで今日はいい日になるなーと思って。

サラに借りた読みかけの本を読んで、まだしつこい招待状にお断りの返事を書いて。

昼は久々に兄様と庭で食べて、スモークサーモンのサンドイッチ最高に美味《おい》しかったです。

母様と一緒に刺繍して、使用人雇用《こよう》の面接して。

夜はカキの季節だから、フルコースで出てきて最高だなと思って。

家族で団欒《だんらん》した後、本を最後まで読んで満足して寝《ね》ました。――――私は首を捻る。

？？？？？？　どこで来たんだ？？？？

全くわからない。が、ヒントが欲《ほ》しくて、人差し指を立ててサラに問いかけた。

「知らないうちに入り込んできたとか？」

「違うわよ、使用人雇用の希望者、普段より多かったでしょ？」

ソレに紛れてたのよ、と冷静に答えるサラ。動揺《どうよう》を隠《かく》しきれないワタクシ。

昨日の面接に、公爵家の暗部が来てた、だと⁉

我がタルボット家は給金が可もなく不可もないが、人手はそこそこだからそこそこ忙《いそが》しい。それに我が家の知名度の低さが相まって、希望者は大体一人二人しか来ないのだが。

……思い返せば確かに、昨日は十三人も来て妙《みょう》だなーとは思ってた。

ほ、ほんとに思ってましたよ？？

まさか、『ついに我が家の人望もここまで来たか！』とか、父様共々喜んでなんかいないんですよ？？　………ココは父様の名誉にかけて誤魔化《ごまか》さなくては！

――決してそう！　決して、私も騙《だま》されたわけじゃ………ないんだからねっ！

「もちろん変だなと思ってましたーやーあれかーー」

「棒読みにも程が有るわ、リーア」

お見通しのサラと視線を合わせられない私。……道理で一人しか採用できなかったわけだよ。ぬか喜びか、父様めっちゃ喜んでたのに。ああ、脳裏に父様のはしゃぐ声が蘇《よみがえ》る。

それすらも見透かすように、真《ま》っ直《す》ぐ私を見るサラ。益々視線を合わせられない私。

「いつも思ってたんだけど、どうやって弾《はじ》いてるの？」

追及は止めてくれて、今度は理解出来ないと言わんばかりに笑みを収めて私に聞くサラ。サラがそう言うってことは、昨日採用した彼は公爵家とは無関係ということか。やるな私。

「んーーーー？？？　……………勘？？？」

そう、理由を聞かれても、勘で決めてる、としか言い様がないんだよね。

強《し》いて言えば、凄く好青年だったり妙に人付き合いが上手《うま》かったりする人、つまりなんとなーく出来そうな人を弾いてるだけなんだよねー。

そうするとあら不思議、裏も表もない純粋《じゅんすい》な使用人の出来上がり！　となるわけなのよ。

ふーん、そうか、あの十二人の中に暗部が居たんだねぇ。皆《みんな》良い人そうだったけど。

それにしても毎回（さほど回数はない）我が家に入り込もうとする人を探り当《あ》てるサラは、一体どこから情報を……いや、これも深追いするのは止めておこう。

深みに嵌《はま》りそうで考えるのを止めた私に、サラはゆっくりと口角を上げる。

「勘、ねぇ……。ほんと、リーアは面白い」

——ぞ、ぞくぞくするぅぅぅ!!!!

怖いからその顔やめてぇぇぇ！　サラ様ぁぁぁ!!!!!!

まるで巨大《きよだい》な肉塊《にっかい》を前にしたドラゴンのような、いや、普通のドラゴンじゃこの迫力《はくりよく》は伝えられないな。——そうまるで、古《いにしえ》より伝わる邪悪《じやあく》なダークドラゴンが、捧《ささ》げられた金塊《きんかい》を前にしてにやりと笑ったかの如《ごと》き、満足気な笑顔だ。

学園の時には目立ち過ぎるから封《ふう》じられたその笑顔は、久しぶりに見ると迫力満点。やはりダークドラゴンだ。私のたとえ正しい。

その笑顔のまま、サラはするりと金色の髪を一房《ひとふさ》指に絡《から》める。

「我が家に来た彼ら、今回は全《すべ》て追《お》い払ったわ」

「おや珍しい、何かあったの？？」

いつもなら『変なのに目をつけられるのが嫌《いや》だから』とか言って、気付かない振《ふ》りするのに。

「さっきも言ったけれど、かの令嬢《れいじょう》の情報が異様に規制されているのよ。そんな家にお呼ばれするんだから、当然手を打っておかなくちゃ、ね？」

ほ、ほほう？　そうなのか？　……私、何の備えもしてないけど？

焦《あせ》る私に、目の前のダークドラゴンは小首を傾げながら、少し微笑《ほほえ》んで続ける。

「それに、私の親友にちょっかいを出《だ》そうとしてる奴《やつ》らがいるみたいだから、かな」

おいおい照れるじゃないか、うへへへ。さすが我《わ》が親友だよ!!!!

「最近退屈《たいくつ》してたのよね。あの家は色々と面白そうだし」

……そっちが本音に聞こえるのは私の気のせいだよね？　サラさん？？？

そしてだから顔ぉぉぉ!!!!　さっきよりも怖くなるのやめてよぉぉぉ！

まるで、古より伝わる邪悪なダークドラゴンが、金塊を盗《ぬす》もうとする盗人《ぬすびと》に相対するときの、不届きな獲物《えもの》を捕捉《ほそく》したような顔だよ！

あぁ、怖い怖い。騎士団長の殺気よりマシだが、恐ろしい女だねサラってばもう。

……んっ？？　もしや騎士団長が認めるほどの胆力《たんりょく》が私についたのは、サラの所為《せい》じゃ？？

そこまで考えたけどそれは大した問題じゃないな。殺気を向けてくるほうが圧倒的《あっとうてき》に悪い。

――まぁなんにしても。

「サラが楽しそうで何よりだよ」

「あら、ありがと」

こうして楽しいお茶会は続いていくのであった。

∞　∞　∞　∞

さぁて、今日は、まったくもって待ちに待ってない、お茶会の日だよ!!!!

…………無理矢理《むりやり》気分を盛り上げようかと思ったけど、思った以上に盛り上がらなかったよ。

馬車の中ではサラと二人で楽しく盛り上がったけど。

公爵家《こうしやく》の素晴《すば》らしく豪華《ごうか》な建物と、なんだか立派な庭園（私に芸術を愛する心はない）を前にして、早くも我が家《や》が恋《こい》しくなった。――アア、オウチカエリタイ。

美人な公爵家の侍女《じじょ》に案内されたのは、その庭園を一望できるテラス席。その席は数脚《きゃく》しか用意されておらず、私達《たち》で最後。ということは、あまり大規模じゃないんだな。

それにしても今回招待されたご令嬢達は、なんというか見事にバラバラだ！

王家に忠実な公爵家ご令嬢に、中立派の子爵家ご令嬢、騎士をお父上に持つ男爵家のご令嬢、そして私達。

アイリーン様信奉者が誰《だれ》もいない!!　そしてあの、主人命っぽい従者どのもいない徹底《てってい》ぶり。これは本気で友達作りに来てるな、アイリーン様。

「本日はお集まり頂き、ありがとうございます。どうぞ、楽しんでくださいね」

そんなアイリーン様の涼《すず》やかな美声で、お茶会は始まりました。

パチリとアイリーン様が指を鳴らすと、音もなく侍女達が現れ、色とりどりの見たこともないけど見るからに美味《おい》しそうな菓子《かし》と共に芳《かんば》しい香《かお》りの紅茶が運ばれてきた。

「当家自慢《じまん》のブレンドですの。お口に合えば良いのですが」

アイリーン様が微笑みながらそう言うと、各々《おのおの》紅茶が注がれていく。

おお、凄くいい匂《にお》いだ!!　なんだろう、果物っぽい感じがするなんとも美味しそうな匂いだ！

うう、淑女に有るまじきことだけど、よだれが出そう。

早く飲んでみたいが、公爵家ご令嬢であるヴィクトリア様が先。我慢《がまん》我慢。

上品に香りを楽しんだヴィクトリア様は、アイリーン様へ笑みを向けた。……アイリーン様のほうが何故か嬉《うれ》しそうだけど。

「まぁ！　素晴らしいかおり「やぁ！　集まってるね!!」……………え？」

突然《とつぜん》ヴィクトリア様の言葉を、男性の声が遮《さえぎ》ってきた。

今日の招待客は、私達だけじゃないの？　遅《おく》れてきた、にしては無作法な……。

招待された私達の間で視線を投げ合う。どうやら誰かが連れてきた訳ではなさそうだ。

驚く私達の前にわらわらと湧《わ》き出《で》てきたのは、同年代で今を時めく殿方たち、別名アイリーン様親衛隊（笑）だった!!　……また貴方《あなた》かアイリーン様!!!!

神官長子息だの騎士団長甥《おい》だの魔術《まじゅつ》師団長養子だの。全員イケメンのため、ご令嬢《れいじょう》達がそわそわと髪を撫《な》で付けたり裾《すそ》を伸《の》ばしたりと、若干浮《じゃっかんうわ》ついた空気になる。

いやいやいや、結婚《けっこん》相手としての茶会ならドッキリ大成功だけど、そういう趣旨《しゅし》の茶会じゃないはず。ちらっと見たけど完全にアイリーン様固まってたから、招待客じゃないことは確定。

うわぁ、招待されてない上にヴィクトリア様を遮って乱入するなんて、どこまで怖いもの知らずなんだろう彼《かれ》らは。

「僕《ぼく》に内緒《ないしょ》で友達を作ろうなんて……友達は僕がいれば十分でしょ？」

そう言ってアイリーン様に絡みつくのは魔術師団長の養子の彼。

――ヤバイわコイツ。目が据《す》わっている、というか雰囲気《ふんいき》が淀《よど》んでるよ。

そんな彼に噛《か》み付き、アイリーン様を取り合い始めた他の親衛隊隊員達。

まあ、随分《ずいぶん》と見せつけてくれますねアイリーン様。

麗しのご子息達（笑）の登場に一瞬《いっしゅん》沸《わ》き立ったご令嬢方も、その様子に若干、いやかなり引いたようだ。残念アイリーン様。

「ち、ちがっ!!!!　いやぁぁあ、もう…………申し訳ありません、皆様《みなさま》。少々席を外しますわ」

ものすごい勢いで魔術師団長の養子を引《ひ》き剥《は》がしたアイリーン様は、青い顔に笑みを浮かべて、全員引き連れてどこかへ行ってしまった。

あまりの出来事に呆然《ぼうぜん》とする私達、招待客。結局飲まれることのなかった紅茶の側に、着々と整えられていくテーブル。………主人が居ないけど。

――うーん、これ、帰っていいんじゃない？？？？

そう上手くはいきませんでした、世の中厳しいです、兄様。

幻影《げんえい》の兄様は『耐えろ！』と言ってきますが、無視してもいいですか？　ああ、駄目《だめ》ですかそうですか。………やっぱり駄目？？

∞　∞　∞　∞

「……戻《もど》られませんわね、アイリーン様」

そう呟《つぶや》くのは公爵家ご令嬢、ヴィクトリア様だ。

清楚《せいそ》な薄紫《うすむらさき》のレースに包まれた手は、きちんと揃《そろ》えられている。礼儀《れいぎ》作法に厳格な方で、今もアイリーン様が居ないので、出されたものに一切《いっさい》手を付けていない。

の、飲みたい！　あの良い香りのする紅茶飲みたい!!　お菓子《かし》も美味《おい》しそうなのに!!!!

二回目の紅茶の入《い》れ替《か》えが終わり、またあの芳しい香りが漂《ただよ》う。そろそろ耐《た》えきれなくなってきたぞ。お菓子食べたい、紅茶飲みたい。

公爵家の使用人にアイリーン様の様子を聞いても、もう暫《しばら》くお待ちをと言われるばかりで時間だけが過ぎていく。これは誰かがアイリーン様を直接呼びに行くしかないな。

………あ、この序列だと私かサラか。

公爵家ご令嬢に行けというわけにもいかず、子爵家男爵家では公爵家令嬢を呼びに行くには荷が重い。――――サラと目が合って、ニッコリと微笑み合う。

よし!!!!　サラ、任せたぜ!!!!!!

そんな期待に満《み》ち溢《あふ》れた私に、サラは笑みを崩さずこう言う。

「よろしくね？　リーア」

……ですよねーーー!!!!　だと思ってましたぁぁぁぁ!!!!!!!!

『よろしくね』が『私を巻き込んだの貴方なんだから行ってらっしゃい』って聞こえたよ、サラすごい！　ああ、周りのご令嬢方からの期待に満ちた視線が私に注がれる。

「…………………………ワタクシが行ってまいりますわ」

そう言って立ち上がるほか、私に道は残されていないのであった。ぐすん。

∞　∞　∞　∞

全く表情を覗《うかが》えない公爵家の使用人（美人さん）に案内されながら、たとえアイリーン様の元へ辿り着いたとしても、親衛隊《あれら》がまだ居たら、私はどうすればいいんだろうか。

――出たとこ勝負かな、もうソレで行こう。

屋敷《やしき》の中の、奥《おく》まった辺りまで案内される。

ここまで来るってことは、まさかのアイリーン様の私室に連れてかれてるのかワタシ。

もしそこに彼らもいたら……益々私の彼女《かのじょ》への心証が悪く……。

「お嬢様、ルルリーア・タルボット様をご案内致《いた》しました」

「っ!!!! お入りになってて っ!!」

若干食い気味にドアを開けるアイリーン様。その必死さに涙《なみだ》が出そうで出ない。すまん。

「失礼致します」

促《うなが》されてその部屋に足を踏み入れる。

――あぁ、残念だよアイリーン様。本当に残念だ。

「なに？ この子」「今アイリーンと話してるところなんだ。邪魔《じゃま》しないでくれる？」「……もしかして僕らの誰かを追ってきたんじゃない？」「うわ、やめてくれよ」

白い頭に銀色の頭金色の頭を寄せ合いながら、私を嘲るように見て三人がきゃっきゃと騒《さわ》ぐ。……ああ、うん、なんていうかアレだね！ 騎士団長《きしだんちょう》の殺気と王弟殿下の得体の知れなさに比べたら、微笑ましいもんだね、いやそんなことないわ、小憎たらしいわ。

部屋に入るなりいきなりなんやかんや言われましたよ、こいつらは一体なんなんだろうね。

どうでもいいけど、貴方達がおそらく庇《かば》っているであろうアイリーン様顔面蒼白ですよ？　あ、あれ気絶してるわ。立ったまま気絶とかアイリーン様意外と器用だな。

と、賢い私は気付く。これは帰る絶好の機会じゃないか？？？

こんな酷《ひど》い暴言を吐《は》かれたら、貴族令嬢としては傷付き儚《はかな》く泣き崩れてお家《うち》に帰るだろう。それが出来るはず。――そうと決まれば善は急げ、だ。

さっとハンカチを取り出し、目元に当てる。

私には嘘《うそ》泣きの才能なんてないからな。そこは小物に頼ろう。………おいそこの親衛隊（笑）！　変なものを見るような目で見るな!!!!

「あぁ、なんて「何をやっているんだっ!!　お前達はっ!!!!!!」………げっ」

ノックもなく突然部屋に現れた、のは………おうていでんかだぁぁぁぁ!!!!!!

そういえば転移魔法の使い手だっけ王弟殿下。淑女の部屋にいきなり現れるとか変態か？

そして、いつもの騎士服じゃなく訓練用の軽装な騎士団長も一緒だ。

………暇《ひま》か？　暇なのか？？　私をエスコートする暇はないのに？　……別に根に持っている訳じゃない。純粋なる疑問だ。

そうして颯爽と現れるやいなや、王弟殿下は素早《すばや》くアイリーン様から、ベリッと音がしそうなほど乱暴に神官長子息と魔術師団長養子を引き離《はな》す。

「あぁ！　間に合わなくてすまないアイリーン!!　どうか許してほしい」

両手が塞がってるからか、目と表情だけアイリーン様へ向ける。

あ、甘っ!!　目が蕩けそうに甘いっ!!

声まで甘くて横にいるだけの私まで胸焼けがぁぁ!!

「叔父上はいい加減年を考えるべきです!!!!」

「そうだよ殿下！　アイリーンは僕のものだっ！」

王弟殿下に首を掴《つか》まれながらも反論する二人。

おおっとぉぉ!?　年のこと言われちゃいましたよぉ?·?　アイリーン様と王弟殿下は確かに十歳《さい》以上離れてるもんね。これはどう返すのかな？　わくわく。

「煩《うるさ》い、小僧共が。アイリーンの邪魔をしているお前達にとやかく言われる筋合いはない。……チッ、このクソ忙しい時に」

あっ一喝ですね、凍えるような笑顔ってこういうのなんですねココサムイ。――あれ？

その点だと、貴方も邪魔してるんじゃ、いえなんでもないです。

襟首を掴んだ二人を魔法陣《まほうじん》へ放り投げ転移させる王弟殿下。……豪快な転移方法デスネ!!

名残惜しそうにアイリーン様（放心中）に目を向けた後、こちらを睨みつけてくる。

——ワタシココニイナイ。デモ、目ガ合ウ。

「また君かっ！　……今は見逃すが後で覚えていなさい」

「えぇぇ……」

見逃された、けど喜べないぃぃ!!!!　後でっていつなのぉぉぉ!?!?!?

震《ふる》える私へ三下のような台詞《せりふ》を悪の総督のような迫力で言い放った王弟殿下は、そのまま魔法陣の向こうへ消えていった。

本当に忙しいんだな王弟殿下。そう思って見れば、きっちりとした官服が少し乱れていた、ような気がする。

……でもあの、王弟殿下、騎士団長忘れてますよ？？

「御機嫌《ごきげん》よう、ルルリーア嬢《じよう》。貴方は、ぶふっ……本当に、運のない人だな」

「ごきげんよう、騎士団長閣下。出口はあちらですよ」

堪《こら》えきれなかったように吹き出す騎士団長。だからなんで私といる時に沸点《ふつてん》が低いんだって氷の騎士（笑）め!!　お願いだから溶けないで噂《うわさ》通りの氷のままでいてくれ、貴方の甥っ子が信じられないものを見たかのように目を見開いちゃってるじゃないか!!!!

——あ、こっちと騎士団長を見比べるな!!　私関係ないって!!!!

そんな彼の頭を騎士団長が鷲掴みにする。と、甥御殿《どの》の顔が面白《おもしろ》い具合に歪んだ。

「さて、戻ってその有り余る体力を有効に活用するぞ。……それではまた、ルルリーア嬢」

その『また』がありませんようにと祈《いの》りつつ、ちょっとだけ頭を下げる。

ドアの方へ甥御殿を掴んだまま進んでいく騎士団長。……うわ、痛そー。若干浮き気味の甥御殿を見送りつつ、心のなかで静かに祈りを捧げてあげた。

——私とっても優しい。

∞　∞　∞　∞

騒がしい全員が消えたというのに、放心状態のアイリーン様は中々戻ってこられないようだ。

「あの、アイリーン様？？」

呼びかけると、彼女はハッと意識を取り戻した。

倒れられたらどうしようかと思ったよ、よかったよかった。

私がホッとしていると、色々なものを取り繕うかのような笑みをアイリーン様は浮かべた。

「お待たせして申し訳ありませんわ……。そ、その……皆様、のご様子は、如何かしら……？」

おお、今の嵐のような彼等をなかったことにしたよ、すごいなアイリーン様。

まぁ、私も敢《あ》えて触れたいとは思わない私も無かった事にしたい。……ならないかなぁぁぁ王弟殿下ぁぁぁ!!!!

思わず遠い目になった。が、視界の端《はし》に僅かに震えるアイリーン様が見える。

ん？　もしかして皆の反応が怖いのか？　意外と小心者だなアイリーン様。仕方がないな、一応フォローしておこうか。

んんっと咳払《せきばら》いしてアイリーン様へ伝える。

「皆、アイリーン様を心配しておりましたわ」

私とサラはしてないけど。他の人もわからんけど。

まあ、かなり引いてましたよと正直に言えるはずがない。がそんな私の気遣《きづか》いも虚《むな》しく、アイリーン様はそれを見抜《ぬ》いて顔を歪める。

「……ぁぁもうどうしてこんなことに……せっかく冤罪《えんざい》から免れたのにこれじゃ」

？？？？　声がちっちゃくて聞き取れないぞ？　なんて言ったんだ？？？？

聞き返すのも失礼なので、次は聞き取れるよう俯《うつむ》くアイリーン様に近付く。

「？？？　アイリーン様？　どうされました？」

そう問いかけると、アイリーン様はその綺麗な目から大量の涙を流しながら、私にしがみついてきた!!!!　――ぎょわわぁあああああ!!!!　なんじゃゃぁぁぁぁ!?!?!?

「お、お願い!!　ともだちになってぇぇぇぇ!!!!!!!!」

……………おおおう、大分追い詰《つ》められてるなアイリーン様。ちょっと可哀想《かわいそう》になってきたな。

そのアイリーン様の様子を見て、私の中で同情と現状を天秤にかける。

――――結論はすぐに出た。もうこれしかないな。

「申し訳ありません、一身上の都合により友人にはなれません」

「なんでぇぇぇぇ!!!!」

あっさり断った私に、アイリーン様はますますしがみついてくる。

まるで溺れかけの人が浮いてきた板に対してするような必死さだ。

いやだって、公表できないけど私『国王専属愚痴《ぐち》聞き係』なんだよね、対アイリーン様の。その私がアイリーン様と友人になるって、それどうなのよ。駄目でしょ。

「理由は申し上げられません」

「どうゆうことぉぉぉぉ!!!!　ルルリーアさんが最後の頼《たの》みなのぉぉぉ!!」

……最後って、なんで私が最後なんだ。

うーん、そうだな、愚痴聞き係を解任されれば、まぁ……駄目だな。王弟殿下とか王弟殿下とかいるもんな。

さっきの見たでしょ、あんな悪の総督みたいなの無理無理、アイリーン様と友人になれない。なったらもれなく王弟殿下も憑いてくるんだから、きっぱりここで断らなくては。

「申し訳ありません」

「取り付く島もないぃぃぃぃ!!!!!!」

随分と口調が崩れてるけど、それが素なの？　アイリーン様。

と、何を思ったのか、涙でグチョグチョだけど麗しい顔を輝《かがや》かせた。

え？　なに？「これしかない！」って？？　そう叫《さけ》ぶ彼女をちょっと引きながら見てい

ると、アイリーン様が素早く部屋の隅《すみ》から冊子を取り、それを私に勢い良く差し出した。

……ちょっとだけ犬と被《かぶ》って見えたのは気のせいだ。

「交換《こうかん》日記しよう!! そこからでいいからっ!!!!」

……はぁ？？？ 何を言ってるんだ？？？

目の前に差し出された冊子、アイリーン様の言葉だと日記帳、を見る。

革表紙に薔薇の繊細《せんさい》な模様が施されていて、見るからに高そうだ。——だけどこれは日記。しかもアイリーン様の日記だ。

躊躇《ためら》いながらもアイリーン様と距離《きょり》を取りつつ応える。

「……私、その、日記をつけておりませんし……私事を記して交換する趣味はないので……」

だってそれ、日記帳なんだよね？ 今日の出来事や自分の思いを綴る、あの日記だよね？

うわぁ、アイリーン様って私生活を他人に見せたい変態なの？？ ……それはないわーー、引くわーー。

もはや隠すことなく引いていると、アイリーン様の顔が見る見るうちに絶望に染まっていく。

「だぁぁぁ!!　そうだった！　そういう風習なかったんだ!!!!」

そう叫ぶと、アイリーン様は勢い良く床《ゆか》に這いつくばった。

えぇぇぇぇ!?!?!?　こ、これ私に対して、じゃないよねぇぇぇ!?　公爵令嬢《こうしやくれいじよう》に平伏されるとか、ディラヴェル公爵を敵に回すようなものじゃないか!!!!

疑われないよう、慌《あわ》てて更に距離を取る。

「オワタ、私の今生オワタ………」

廃人のような掠れた声で聞き慣れない言葉を絞《しぼ》り出すアイリーン様。『おわた』って『終わった』ってことかな？　………うーん、大丈夫《だいじようぶ》かな。

——何ていうか、人として。

「で、でも、まだ終わりじゃない………諦《あきら》めたらそこで試合終了なんだ………」

なんだか良いこと言ってるけど、目が虚ろですよアイリーン様。既《すで》に諦めているようにしか見えない。———一体何の試合なんだ。友人作りの試合だったら、敗戦の色は濃いですよ？

と、突然跳ね起きたアイリーン様は、素早く近付いてきて私の両手を握り宣言した。

「とりあえず知り合いからお願いします！　ルルリーアさんっ！」

「はぁ…………」

え？　知り合いでいいの？　それなら、もうそうなんじゃないかな？？？？？

∞　∞　∞　∞

なんとか持ち直したアイリーン様と一緒《いっしょ》に、庭園に戻る。

途中《とちゅう》、小声ながらものすごい早口で『友達を作る方法』らしき行動を呟き始めて真面《ま》目《じめ》に怖《こわ》かった。だってアイリーン様無表情なんだもの。

自分から積極的に話しかけるとか、ありのままの自分をさらけ出すとか、最初のならまだ出来るだろうけど、二つ目のは無理じゃないかな、公爵令嬢としては。

……でもね、アイリーン様、それより何よりまずは周りをどうにかしないと、友人作り成功しないと思いますよ、無理だと思います。少なくとも私はならない。


「皆様、大変申し訳ありませんでした」

美しく優雅にカーテシーをするアイリーン様。

大量の涙を流したり平伏したりしがみついたりしていたさっきまでとは、まるで別人だ。

「いえ、私達は気にしておりませんわ。美味《おい》しいお菓子を頂いておりましたし」

あううぅぅぅ!!!! ヴィクトリア様、私が居た時食べてなかったじゃないか!! 和《なご》やかにお茶をしていた雰囲気が残ってるよ! 私が変な奴らに絡まれてたっていうのに、みんなで美味しくいただいてるよ!! 哀《あわ》れな私抜きで!!!!!!

「そう言って頂けて……ありがとうございます。……少々体調を崩してしまいまして」

乱入者のことはまたしても言及しないアイリーン様。あれだけ派手に乱入してきた手前、さすがに言いにくそうではあるけど。

でも招いた側のアイリーン様としては、そう言うしかないのは事実だ。

「まぁ! それは大変ですわ! ご無理なさらずに、私達御暇《おいとま》いたしますわ」

礼を重んじるヴィクトリア様はすかさずそう申し出る。

それに対して『え』と呟くアイリーン様。いやいや、体調不良の主催《しゅさい》者じゃ招待客は帰るしかないでしょ。

「……………お心遣《こころづか》い感謝いたします。この埋め合わせは必ずさせて頂きますわ」

溜めが長い、長いよアイリーン様。もう諦めろ。多分次はなさそうだぞ。

それから、申し訳ないからお土産を……とアイリーン様が準備し始めるのを、（ヴィクトリア様が）断って、ようやくやっとのことで家路につく。

ああ、色々と濃いお茶会だったな、一時間もいなかったのに物凄《ものすご》く長く感じたな。

一緒に乗った馬車の中で、サラと今日のお茶会を振り返《かえ》る。

「小規模なお茶会でよかったわね、公爵《こうしゃく》家としては」

「そうだねー、噂好きも居なかったから、ギリギリね」

お茶会の成否はそのままその家の評価に繋がるんだけど、今回は大失敗だったねぇ。

……あっなんか思い出した、鳥肌が立ったぞ。なんだろう、何かを覚えていろとか言われた気がする……気の所為ってことにしていいかな……。

「……ねぇ、リーア」

サラがゆっくりと私に問いかける。これは考え込んでいるサラの癖《くせ》。

お茶会が終わってからずっと真面目な顔をしているけど、どうしたんだ？？

「アイリーン様は、本当に我が国《くに》の公爵家令嬢なのかしら」

「？？？　まぁ、言動は変だったと思うけど、そうなんじゃない？」

いきなりすごいこと言い始めたな、サラ。なんだなんだ？？　ディラヴェル公と言えば王国三大貴族の一角。その一人娘《むすめ》が偽物って大事件だよサラ。

「……出されたお菓子が、ね。想像もしたことないようなものだったの」

目をキラキラさせるサラ。――その顔はまさに古より伝わる邪悪なダークドラゴンが哀れ盗人が必死で隠した宝を発見したかのような、嬉しそうな笑顔《えがお》だ。

この笑顔のサラということは、どんなに隠しても秘密の隅々まで調べられることだろう。公爵家、というよりアイリーン様ご愁傷様《しゅうしょうさま》。

「証拠《しょうこ》を押《お》さえたら、一番にリーア に話すわ」

「ふーん、わかったよ。お菓子ねぇ……って、ああああああああああああああ!!!!」

――わ、わたしだけ、お菓子どころか、公爵家自慢《じまん》の紅茶すら、飲んでなぁぁぁあい!!!!

頭を抱える私をよそに、楽しそうなサラ。うぅ、自分は食べたからってぇぇぇ!!!!

「もう一度招待される?・?」

「…………………………………やめとく」

アイリーン様に涙ながらに縋られて、王弟殿下《でんか》には睨《にら》まれて、親衛隊にはやいやい言われて、騎士団長には笑われ……。

だと言うのに何も饗されていないよ私だけ。

――なんだか、ものすごい損した気分だよ!!!!!!

閑話　どうでもいいけど彼女は楽しげに嗤う

§　§　§　§

揺れる馬車の中で、菓子を食べ損ねたと言うリーアを眺《なが》める。

それ以上のことに巻き込まれそうだというのに微笑ましい。――尤《もっと》も、それをリーアに言うつもりは無いけれどね。

だって、リーアがどう切り抜けるのか、興味があるのだもの。

リーアを見ながら、公爵家の暗部、厳密に言えばディラヴェル公爵家令嬢アイリーンの暗部が、我が家に来た時のことを思い出す。

§　§　§　§

その日は、綺麗《きれい》な三日月の夜だった。

夜更かしはお肌に悪いのだけれど、今回みたいに用事がある時は仕方がない。

お客様が来るまでまだ時間があるからと、淹れた紅茶を飲む。


――あぁ、こんなにも穏やかな時間を過ごせるなんて、思いもしなかったわ。


物心ついた時に最初に思ったことは『この世が退屈で仕方がない』だったわね。

ふふっ、小さな子供が思うこととはいえ、あのときは青かったと言わざるを得ないわ。

それも自然なことだったのかもしれない。目が大人と同じ物を捉えられるようになってから、どんな難解な理論も現象も全て解することが出来たのだから。


誰かが一言話せば、その人の弱点利点行動理念、嘘も真実も、手に取るように理解《わか》った。

それ故、早々に人と喋ることを止めてしまった私は、喧《やかま》しくない書籍を相手にするようになった。――けれどそれもまた容易《たやす》く理解してしまった私は、三歳にして人生に飽きた。

退屈で退屈で、それを潰す方法を考えるようになった。

当時の私は驕っていて、両親への根回しなどせず、そんな幼児として異常な状態をそのまま晒していた。ああ、なんて甘《あま》い子供なのかしら。

誰とも喋ろうとしない難解な本ばかり読む三歳児を見て、心配というより恐怖《きょうふ》に駆られた父が隣《となり》のタルボット領に相談したのだから、それはそれで結果的に良かったのかもしれない。

退屈のあまり『この国を滅ぼしてみたい』なんて零していたのだから、尚更《なおさら》ね。

そうして引き合わされたのが、ルルリーアだった。

両親に言われて態々《わざわざ》庭まで移動したというのに、対面したのが何も考えてなさそうな、如何《いか》にも愚鈍《ぐどん》そうな子供だったから、私の機嫌は最悪だった。

この下らない会合が終わったら、予《かね》てから用意しておいた計画を実行しよう、この国を滅ぼせば少しはこの退屈も凌げるだろう、そう本気で思っていた。

——だから、リーアと二人きりにされて、腹立ち紛《まぎ》れにこう言ったの。

『私この国を滅ぼそうと思う』

そう言うと、リーアの間抜《まぬ》けな顔が、更《さら》に間抜けになって少し気が晴れる。…….本当に子供ね、恥ずかしいわ。

でも、リーアが返した言葉は、私の虚をついた。

『それ、たのしいの？』

私は考えた。………確かにまだ庇護《ひご》のいる子供の身体、それに焼け野原になった光景を想像して……そんなに楽しそうじゃないな、とも思ってしまった。

そう思わされたことに、私は腹を立てた。侮っていた子供に考えを変えさせられたことに。

だから私にしては相当意固地になって抗弁したわね。

『楽しくはないかも知れないけれど、達成感はあるわ』

『たっせ、かん？？』

そんな言葉初めて聞いたというように首を傾げるリーア。五歳児としては当然のことだけれど、私はリーアを、そんな言葉も知らないのかと鼻で嘲笑った。

こんな子供と話していても私に利が無い、と帰ろうとさえした。

本当に帰らなくてよかったわ。そのまま帰っていたら、子供の私でも滅ぼすまでいかなくても国を二分することは出来ただろうから。

私のそんな酷い態度に不快感を表さずに、さも深刻そうな顔でリーアが言う。

『にぃにがね、やるならたのしいことにしなさい、って。そうだ！　どろあそびしよ！』

『……泥？？？』

泥って、土に含む水分が過多になった状態の、あの泥よね？　その泥を使って遊ぶって意味が無いわ？？　――そう考え込む私を引っ張って、リーアは何も植えられていない花壇《かだん》へ、水の入ったバケツをひっくり返した。あの日の前日に雨が降ったから、雨水でしょうね。


耕された土から泥に変わった地面へ、リーアは躊躇なく飛び込んだ。

……何故《なぜ》自分から汚れるのか、全く理解できない。それに私は汚れたくない。

そう遠巻きにしていたら、楽しそうなリーアが泥で塊《かたまり》を作り始めた。

――びちゃん
……私の、顔に、泥がついている。

『ぷふーー!!　さらちゃん、まぬけーー!!!!』

生まれてから言われたことのない暴言に、絶え間なく巡《めぐ》らされていた思考がぷつんと切れた。


そうして、私は、文字通り泥《どろ》仕《じ》合《あい》に参戦した。


大変機嫌よくリーアが帰っていったのは、夕刻だった。

彼女が私に当てたのは数回だけで、私の手によって身体中泥だらけになったと言うのに、本当に楽しそうだったわ。

そして泥だらけになった私を見て、父と母は嬉し泣きをし始めた。……私の顔が、初めて年相応に見えたのでしょうね。

着替えを終えて、部屋で一人、考える。

――どうして私は、あんなに彼女へ過剰反応したのかしら、と。

リーアの行動は、平民の子供ならまぁ普通《ふつう》の範疇、といってもいいくらいの行動でしかなかった。……まあ、貴族の息女がすることではないけれど。

暴言だって、あれ以上に酷い言葉を大人にも子供にも言われたことがあったのに。……

まぬけ、は言われたことがなかったけれど。

――なのにどうして。

自然と口が持ち上がる。なんだろう、この腹から迫り上がるこの感覚は。

少し遅《おく》れて理解する。……あぁ、此れが良く聞く『楽しい』という気持ちなのね。
意味の理解らない彼女が『面白い』。こんな気持ちになる私が理解らなくて『可笑しい』。

――あぁ、なんて愉快なのかしら!!!!

生まれて初めての感情に、気の高ぶるまま笑い声を上げたら父と母が部屋に勢い良く飛び込んできた。一緒に来た侍女《じじょ》が笑う私の顔を見て卒倒したのは、いい思い出だわ。

あれからリーアとは長い付き合いとなったけれど、彼女の謎《なぞ》は深まるばかりだった。
行動も言葉も、後から考えれば予想範囲《はんい》のはずなのに、何故か虚を突かれるの。
彼女には裏がない。ひょっとしたら表もないのかしら。
リーアと居ると楽しいことばかり起こると学習した私は、彼女から引き離される可能性は全《すべ》て排除した。勿論私は自身の異常さをきちんと理解しているから、定期的に来る他家からの密偵もきちんと見逃《みのが》し、学園内でも目を付けられないよう極めて大人しい学生として過ごしたわ。

それはそれで面白かったけれど。

部屋に見張りの彼《かれ》が来た。――あぁ、お客様が来たようだわ。

予想通り、アイリーンの暗部、ね。感知用の魔法《まほう》を確認《かくにん》する。………あらあら、人数が少ないわね。主人には内緒《ないしよ》なんて、悪い子ね。

それとも、手綱を握《にぎ》ってもらえない可哀想な飼い犬、と言ってあげるべきかしら。

彼らの目的は単なる信用調査。リーアと私が彼らのお嬢様《じようさま》の友人たり得るか、探《さぐ》るためなの。

そこに私が付け入る隙《すき》が出来る。

彼らが油断するそこに、彼らの大事なお嬢様の情報を洗い浚い根刮《ねこそ》ぎ全て頂くの。

――今回はその大事な一手。

音を立てずにカップをソーサーへ戻す。それと同時に見張りの彼が姿を消す。

直にこの部屋へ、公爵家の犬となった、かの有名な元暗殺者が来ると思うと、その彼が私の仕掛けた罠に嵌まるかと思うと、ああ、達成感と充足感に溜息《ためいき》が出そうだわ。

そう、リーアと接してから、私は人に対する評価を改めた。

どんな相手でも、全力になれば思わぬ行動に出ることがある。

それに私も全力で相対する、あぁなんて楽しいひと時!! 知略感情立地、全てを網羅し予想するのは容易いことではない。――だからこそ挑み甲斐《がい》があるというもの!!

それにしても、と、最終目標である公爵令嬢アイリーンの情報を思い出す。

意外と交友関係が狭《せま》いリーアが、友人を作るのは良いこと。

けれど、アイリーンは今手持ちの情報から推察するに、リーアの友人になるには駄目《だめ》。

幼少期から卓越《たくえつ》した能力を発揮し数々の人を救い女神のように慕われている彼女は、失敗した噂が一つもない。

子供がしがちな他愛もない失敗もなく、まるで生まれる前から成人だったみたいに。

私のような異常な頭脳の持ち主なのか、それとも情報操作をしているのか。

何故完全な情報操作をしているのか、そこまで隠《かく》す何かがあるのか。

隠しているならば、リーアに、そして面識のない私まで茶会に招待した意図は何か。

探れば探るほど、彼女自身に不信が募《つの》る。こんな状態では、彼女をリーアに近づけさせる訳にはいかない。

だから、タルボット家ではなくこちらに注意が向くよう細工したのだけれど、元暗殺者の彼は見事に嵌まってくれたわ。私が無名の伯爵令嬢《はくしゃくれいじょう》だからと油断してくれて大助かり。

最近はリーアから引《ひ》き離されないよう控えめにしていたから、久し振《ぶ》りの『ゲーム』はとっても楽しかった。でもそれも終わり。暗部の頭《かしら》がこんな所に来てしまうなんて……大事な公爵家が隙だらけよ？

——まぁ、そう仕向けたのは私なのだけれどね。

後は彼が来るのを待つだけ。全力を出した者同士、挨拶《あいさつ》を交わさなくてはね。

目の前の扉《とびら》が開くのを見つめながら、私は笑みを深めた。

§　§　§　§

「サラ！　聞いてる⁉」

リーアの声で物思いから浮上《ふじょう》する。意外と長い時間考え込んでしまったみたいね。

「ねぇー聞いてる？　あのお菓子《かし》、何処《どこ》の店のかな！」

私でも買えるかな、と脳天気にもお菓子に気を取られているリーア。

そう、そのお菓子が鍵なのよ。………でも教えない。その方が楽しいもの。

「聞いてるわよ、リーア。あれは公爵家のシェフが作ったものだから、買えないわよ」

この世の終わりのような悲痛な叫び声《ごえ》を上げるリーアを見て、微笑む。

――もう二度と傷付けさせはしないわ、私の大事な親友を。

四章

どうでもいいから放っておいてくれ!!

§　§　§　§

――視界が歪む。

溢れ出る魔力《まりょく》を抑《おさ》えるように身体を掻《か》き抱く。

苦しい。苦しくて自然と息が荒くなる。大量の魔力が身体を巡る痛みに裂けてしまいそうだ。必死に愛《いと》しい人の顔を想い浮《う》かべ、彼女《かのじょ》の言葉を、柔《やわ》らかな声を、頭で反芻する。

束《つか》の間《ま》魔力が収まり痛みが和らいだけど、直《す》ぐに別の痛みが襲ってきた。

行き場のない彼女に向けた心が、応《こた》えてもらえない心がキリキリと痛みを伴いながら悲鳴を上げ、魔力を抑え込む意志が揺らぐ。そしてまた魔力が――その繰り返し。

最初は彼女が居るだけでよかった。僕《ぼく》を肯定してくれる彼女の存在が心の支えになっていた。

――それがいつからだろうか、彼女の全てが欲《ほ》しいと思い始めたのは。

「――っ」

声にならない声が肺から漏《も》れ出す。

僕が言葉に態度に想《おも》いを仄《ほの》めかす度《たび》、困ったような顔をする彼女。臆病な僕は明確に拒《きょ》否《ひ》されるのが怖くて、その曖昧《あいまい》な境界で燻《くすぶ》ることしか出来ない。

震える手でもう一つ、枷《かせ》となる飾りを付ける。と、暴れていた魔力が鎮まっていく。

魔石に依《よ》る枷はその場しのぎにしかならない。

この身に余る魔力が決壊するのは、最早《もはや》時間の問題だ。――それでも。

ふう、と息を吐《は》く。

硬直していた身体は痛みが引くに連れて緩んでいったけど、心はじくじくと疼《うず》く。

この痛みは枷では抑えられない。

いつの間にかついていた膝を伸《の》ばして立ち上がる。

枷の数は今ので限界だ。――それでも。

そう、それでも、止めることなど出来ない。想う事を。彼女の事を。

「…………アイリーン」

宝物のように、僕は彼女の名前をそっと呟《つぶや》いた。

§　§　§　§

――思えばここ最近、運のない出来事ばかりだ。

元王太子殿下に『証言しろ』と婚約破棄騒動《こんやくはきそうどう》に巻き込まれ。

国王陛下に『国王専属愚痴聞き係』という名の盾《たて》に任命され。

騎士団長《きしだんちょう》に『騎士にならないか？』と非常識な勧誘《かんゆう》を受け。

王弟殿下に『あとで覚えてろ』とか身に覚えのないことを言われ。

返す返すも何かがおかしい。恙無《つつがな》く平和に生きてきた私に一体何の恨《うら》みがあるというのか。

さらに駄目押《だめお》しとばかりに、公爵令嬢アイリーン様に『友達になりたい』と茶会で請《こ》われた（ん？　これはいいのか？　いや王弟殿下が背後に居る。だめだな）。

現在婚約者《こんやくしゃ》の居ない私は、卒業後の社交シーズン（今）で結婚《けっこん》相手を探そうと思っていた。それなのに、何故か『アイリーンの友人に相応《ふさわ》しくない』と判断された私は、王弟殿下に目の敵《かたき》にされてて、結果未《いま》だに見つけられないでいる。

そもそも友人になりたいと言ったのはアイリーン様の方なのに、これじゃ巻き込まれ事故みたいだ。

――おうていでんかめぇぇぇぇぇ!!!!!!　全く、どうしてこうなったんだ!?!?

王都のタルボット家別宅で、母様と共に刺繍《ししゅう》をしながら作戦会議をしていたのだが、この八方塞がりな状況《じょうきょう》を打開できそうな策なんて思い浮かばず、結局只《ただ》の刺繍時間となっている。

いつもなら領を空ける父様に代わって領主代行をしている母様。

私のために王都に留《とど》まってくれているのだが、このあまりにも手に負えない事態に母様は考えること自体を放棄したようだ。

酷《ひど》い、けど私もそうしたい。

「そういえば、もうじき竜舞踏祭が始まるわねぇ〜」

ちくちくと刺繍をしながら、母様はのんびりと言った。

母様の手元を見る。………それは何ですかね。えー、そういえばそんな魔物《まもの》がいたような「上手《うま》く出来たわ！　可憐なスミレ！」あっスミレでしたか、青い水蛇かと……ってそれ父様の出仕用の上着⁉　しかも表に………ああまた父様が有名になっていく。――うん見なかったことにしよう。

えーっと、そうそう竜舞踏祭、ね‼

「そういえば、そうですね」

私はハンカチへの刺繍の手を止めて、過去を振り返るのを止《や》めて、近付いてくる楽しい祭りに思いを馳せた。

――べ、べつに現実逃避《とうひ》とかじゃ、ないんだからねっ⁉⁉

∞　∞　∞　∞

竜舞踏祭について説明する前に、我《わ》がルメール王国の成り立ちを知る必要がある。

正確な年数は定かではないが、今から千余年前、大陸で戦に敗れたご先祖様達《たち》が、この島で建国したことから始まる。

そう、我が国は四方を海に囲まれた、島国なのだ。

とはいっても、大陸からの距離はそう遠くなく、再び攻め込まれる可能性は大きかった。

そこで、我が国は海軍を鍛え上げ、大陸の国々と小競り合いを繰り返しながら、なんとか国を維持していた。


——建国後四百年目に、大陸とは反対側の孤島にドラゴン達が巣を作るまでは。


当時、ドラゴンという存在は死に絶えた古代の生物、という認識《にんしき》だった。

なので、そんな存在自体ありえないはずのドラゴンを見た当時の人々は、大混乱に陥り恐怖に支配された、と歴史の授業で習った。

さらに、ドラゴンの巣を巡回していた精鋭であるはずのルメール海軍が、海中から浮上してきた一匹のドラゴンによって木っ端微塵《こっぱみじん》にされたのだ。……よく滅ばなかったな我が国。

歴史の教師が当時の情勢について他にも何か熱弁を奮っていたけど、それを聞き流しながら、ドラゴンって泳ぐんだねと思ったものだ。

だが、その当時ルメール国王であったサラマン様は、そんな事態にも狼狽《うろた》えなかった。海軍が狙われて攻撃《こうげき》されたわけではないこと、その後ドラゴン達がこちらに手を出してこないことを冷静に見極めると、国中にドラゴンへの接触禁止令を発令した。

その御蔭で被害《ひがい》もそれ以上広がらず、人々は徐々にドラゴンへ慣れていき——こうして国は落ち着いていく。

と、思いきや、更に我が国に不運が降りかかる。

ドラゴン達が棲《す》み始めてから、周囲の魔物が年々増え、強くなっていったのだ。

最大戦力を失った海軍は衰えており民を守りきれず、魔物に土地を奪われた民《たみ》達は逃《に》げ惑う。——まさに王国存亡の危機である。

これでは我が国は滅びる、そう悟《さと》ったサラマン様は臣下を国民を広場に集め、こう言った。

『己を鍛えよ』

それからがすごかった。

他国には『え？　ドラゴン？　うちのマブダチだけど何か？』を装って牽制しつつ、裏では死に物狂《ぐる》いで対抗措置を講じた。

元々海軍内で魔術《まじゅつ》部隊と実働部隊に分かれていたのを、基礎《きそ》を徹底《てってい》訓練した後、それぞれを独立した二団に再編成した。――現在の騎士団と魔術師団の誕生だ。

騎士は肉体は勿論剣技《けんぎ》を重点的に鍛え上げ、更に魔法も鍛えた。魔術師は攻撃魔法は勿論防御魔法を重点的に鍛え上げ、更に肉体まで鍛えた。

サラマン様を先頭に、両団員共に、それはもう血反吐《ちへど》を吐ききる程《ほど》、鍛え上げたそうだ。

――それも、実戦で。

団員を鍛《きた》える傍ら、同時に国民の地力を上げるべく、国中に基礎訓練が徹底公布された。それは今でも習慣として残っていて、普通の漁師に見えるおじさんでも大抵《たいてい》の魔物を倒せるようになっている。――サラマン様バンザイ。

そりゃ後に『思慮深き賢王』とか『ルメール王国にいてよかった王様第一位』とか『鍛《たん》錬《れん》の鬼神』とか『ドラゴンよりも怖い王様』とか言われちゃうよ。

最後の方は当時の人の感想かな……。

そうだよね、初はぐれドラゴンの返却に成功したのが、サラマン様だもんね、それも納《なっ》得《とく》。

こんなに大事になったにも関わらず、ドラゴンと人間が敵対していないのは、ドラゴンが人を害さなかったことが大きい。――――もちろん、無謀にもドラゴンへ挑んだ者達は、命に別状がない程度にボロボロにされるけどね。

ちょっと話がサラマン様寄りにずれたが、とにかく我が国がドラゴンに馴染《なじ》み深いのはご理解いただけただろうか。

大抵ものすごく遠くでしか見ないドラゴン（たまに鳥と間違《まちが》える）だけど、小さい奴《やつ》、幼体と仮称《かしょう》されている奴が、三年に一度の間隔で隊列を組んで我が国の上空を飛行するのだ。……因みに何故かは解明されていない。

そのドラゴン達は、只飛ぶだけではなく、高く舞い上がったり、急降下したり、旋回したり、回転や捻りが入る時がある。――――そうして国全体を満遍なく飛ぶのだ。

即位して直ぐその期間を『竜舞踏祭』と名をつけてお祭りにしたのが、サラマン様の次代女王ルルライラ様だ（ちなみにこの女王様の名前から私の名前を頂いた）。

初めは王都だけで祭りが行われていたけど、今では国中で祝う国一番のお祭りとなりました。

――そんな竜舞踏祭が、あと数ヶ月後に行われる。

いつもは領地で祭りを主催する側なのだが、今回は（……色々あって）王都で祭りを楽しむこととなった。王都の竜舞踏祭は、それはもう盛大だそうなので、初めて参加する私としては楽しみな限りだ。わくわく。


「た、たいへんだぁぁぁぁ!!!!!!!!　リーァァァァ!!!!」


………兄様の慌《あわ》てた感じの声が聞こえるけど、きっと幻聴だ。

そうに違いない、というか、そうであってくれぇぇぇぇ!!!!

私の視界に、兄様が何かを握りしめてコチラに駆けてくるのが、見えた。

そして母様は早くも諦《あきら》めたのか、刺繍していた上着をテーブルに置いて身体から離《はな》し、倒れる準備を始める。早いよ母様。

そんな私達に、兄様は容赦《ようしゃ》なく近付いてくる。


――ちょ、兄様！　その怪《あや》しげな紙をこっちに持ってこないでぇぇぇぇ!!!!!!

∞　∞　∞　∞

「私が、王都の竜舞踏祭の『花鱗《はなうろこ》の乙女《おとめ》』役を、ですか………？」

兄様が持ってきた忌々《いまいま》しい紙の所為《せい》で、王宮の政務塔に呼ばれた私。

大分やつれた、目の下の隈《くま》が色濃く残る文官様に告げられた言葉を、繰り返して確認する。きっと他の誰《だれ》かと間違えたんだ。そう言って欲しい。

「はいそうです。ルルリーア嬢《じょう》には王都の竜舞踏祭で、えー、『花鱗の乙女』役、をやっていただきます」

国内最大級の祭りの主役の任命を告げた割には、あっさりとした声だ。———くっ！フリでもいいから『あ、間違えました』みたいな反応が欲しかったぁぁ!!!!

いやいやいや、ちょっと待って欲しい。私、その役をやるには何の功績もないんですよ？こちらを見つつも手元にも目を通すという器用なことをしながら、忙しそうに何かの書類を仕分けている文官様。もう少し私に関心を持ってぇぇぇぇ!!!!

見回してみると、床《ゆか》には幾《いく》つもの紙の塔が建てられ足の踏み場もない。部屋の至る所に、机や椅子《いす》らしき所にさえ高く積まれている。

文官様は椅子を書類に占領されたからだろう、床に座《すわ》りながら私に重大なことを告げてきたのだった。なんと酷い。

私が唖然《あぜん》としている間も「これも私の管轄外なのに」「財務の仕事まで」「祭りが終わったら絶対家族と旅行する」と手にした書類を力なく置きながら暗い声で呟く。―――目が、虚ろだ。かなり引きつつも、大丈夫《だいじょうぶ》ですか？　と私が声を掛《か》けると、文官様ははっと正気を取り戻《もど》した。

そして何やら紙を幾つかにまとめ立ち上がり、大量に重なった紙と紙の間から器用に一枚を抜き取る。

「こちらが任命書になっておりますのでご確認下さい。では」

ぺろっと、その任命書と言った紙を私に渡《わた》し、先程《さきほど》選んだ紙の束を持つ。

そして風のように素早《すばや》く居なくなる文官様。その後姿《うしろすがた》を呆然《ぼうぜん》と見る私。


ちょ、ちょょっと待ってぇぇぇ!!　私、まだ、納得してなぁぁぁぁいいいいい!!!!!!

渡された際に思わず握り潰してしまったそれを、恐《おそ》る恐る広げてみると、『任命』の文字が見える。………ほんとうに任命書だぁぁ!!!! うわ、受け取っちゃったぁぁぁ!!!!

その不吉《ふきつ》な紙を持ちながら魂《たましい》を飛ばしていると、文官様が開けっ放しにしていた入り口から誰かが顔を出した。――――ぶ、文官様かっ⁉


「よし、受け取ったか」

――――淡い期待が潰える。………お、お前はっ！ 騎士団長ぉぉぉ!!!!!!


いつもながらの無表情だが、少しだけ満足気な様子で部屋に入ってくるのを見て、私はとっても嫌《いや》な予感がした。というより嫌な予感しかしない。

なんだなんだ、なんなの？？ 何故此処《なぜここ》に居るんだ何故そんなにご機嫌《きげん》なんだ、いや説明して欲しくないけど知りたいけどやっぱり知りたくないいいいい!!!!

「『花鱗の乙女』とは名誉《めいよ》なことだ。よかったなルルリーア嬢」

――――ん？ んんん？？？

騎士団長は、先程私が皺《しわ》くちゃにしたこの忌まわしき任命書を見てないよね？ ドアは少し開いてたから立ち聞き？ ……いやいやいやいや、廊下《ろうか》は人通りもあるし騎士団長みたいな有名人がそんなことしてたら目立って仕方がないし、する意味が理解らないし？

ということは、事前に知っていた、という訳で………。

――騎士団の長が、何故、祭りの配役とか知ってるのか。

騎士団といえど、全くの無関係ではないのだろうか？　と考えつつも、まるで自分の手柄のように頷いている騎士団長を見る。じっと見る。

…………………………まーさーかぁぁぁぁ？？？？

鎌をかける気持ちで、まさかそんなという思いを込めて「もしかして騎士団長が推薦とかしちゃったりしました？　なーんて」と言うと、騎士団長は真顔で実に簡単にあっさりと白状した。

「よくわかったな」

――――な、なんだってぇぇぇぇぇ!!!!!!!!

騎士団長のあまりの仕打ちに身悶える私。

だってさ！『花鱗の乙女』って本当に主役級なんだよっ⁉　ドラゴンが来た時、つまり祭りの一番最高潮の時に登場するんだよっ⁉　しかも空中で『花鱗』を撒《ま》いて盛り上げる

役で、凄《すご》く注目されるんだよっ⁉

心の中で叫《さけ》ぶが目の前の御方は平静を保っている。――――なんてことだ、なんてことだっ‼

王都で撒かれるドラゴンの鱗《うろこ》を模した『花鱗』は特別で、いつ撒かれるか判《わか》らないそれは、手に入りにくい幸運の御守として大人気なんだ。

祭りに来る人達はその花鱗を目当て、といっても過言ではない。

漸《よう》く我が身に降り掛かった事の重大さに、私の認識が追いついてきた。

だから今度は心の中じゃなくて、声に出して奴に叫ぶ。

「そんなの王家とか公爵《こうしゃく》家とか巫女《みこ》様とか有名な人がなるもんでしょうがぁぁぁ‼‼」

正当なる権利を持って騎士団長に抗議《こうぎ》すると、よくぞ聞いてくれたとばかりの的はずれな反応が返ってきた。……………だ、か、らぁぁぁぁ‼‼

奴曰《やついわ》く、突然《とつぜん》祭りの会議に乱入して私を推薦したらしい。

――――いやぁぁっ！　私何もしてないけど恥ずかしいぃぃぃぃ‼‼

その上、渋《しぶ》る出席者達を強引に頷《うなず》かせたと。騎士団長という地位を余す所なく使っても尚、骨が折れたと。……………当然だ。知名度もない爵位《しゃくい》も微妙《びみょう》な私を、管轄外である騎士団長が推薦して、むしろよく通ったと思いますよ。それ渋ってたんじゃなくて多分戸惑《とまど》ってたんだと思いますよ。

いつもの無表情な騎士団長が訳の理解《わか》らない主張を述べている姿が目に浮かんだ。

――なんでそんなことしたぁぁ!!!!　騎士団長ぉぉぉ!!!!!!

「みなを説得するのに時間がかかってしまってな」

いやいやいや、なに満足そうに『やりきった』感出してんのよ、騎士団長ぉぉぉぉ!!!!

一体何故なんだ？　何がこいつをここまで駆り立てたんだ？？

いいや、もうそんなのどうでもいいから私を巻き込むなぁぁ!!!!

そんな私の恨みを込めた視線など、歯牙《しが》にもかけない騎士団長は、目だけ満足気に輝《かがや》かせて私にこう言った。

――「これで騎士に一歩近づいたな」と。

…………ん？　んんん？？？？　どゆこと？？　私にはわかんなかったなぁぁぁ？？　『花鱗の乙女』『騎士』の繋《つな》がりって言ったら、一つくらいしか思い浮かばな……。

…………ん…………あっ。

「あああああぁぁぁぁぁああああっ!!!!!!!!」

思わず叫んでしまったよ私。どうどうとか言うなお前のせいだよ騎士団長!!!!!!

わかってしまった。騎士団長の狙《こい》い《つ》がわかってしまった!!

――二つに共通するのは『固定魔法陣《まほうじん》』を必須《ひっす》としている点。

『固定魔法陣』とは、空中位で足場を固定する、我が国《くに》では一般《いっぱん》的な部類に入る魔法だ。魔術師も騎士も『固定魔法陣』を自在に扱えることが最低限必須。海の魔物相手だと、船だと壊されちゃうからね。だから、空中で戦うのだ。

そして『花鱗の乙女』は『固定魔法陣』を足場にして、『花鱗』を上から撒くのだ。つまり固定魔法陣が出来ないと、この役目を果たすことは出来ない。

更にこの私、『固定魔法陣』が、というか魔法全般が全然出来ない。

先生に魔術の実技を免除《めんじょ》されるという衝撃《しょうげき》の出来事は記憶《きおく》に新しい。………魔法学園なのによく卒業できたよ………ぐすん。

――まとめると。

騎士団長は私を騎士にしたい、ということは固定魔法陣が必須。

だけど私は魔法音痴《おんち》で出来ない、ならば固定魔法陣が必須な『花鱗の乙女』役に。となれば国の威信にかけて出来るようになるまで訓練、すると固定魔法陣が出来る。

その結果、私が騎士になれる可能性が高まる、と。

――騎士団長、私を騎士にするために、固定魔法陣を出来るようにさせるためだけに『花鱗の乙女』に推薦したなぁぁぁぁ!!!!!!!!

ねぇねぇ、騎士団長はこの祭りが国で一番力が入ってる祭りだって、知ってるの⁉

「なにせ王都の竜舞踏祭の『花鱗の乙女』は固定魔法陣が必須。国を挙げての最高の環境で心置きなく堂々と鍛錬できるだろう。私が指導するから、明日騎士鍛錬場《きしたんれん》に来てくれ」

あっ、これ特に隠してないわ、ちゃんと理解ってるわ、むしろ『いいことやった！』みたいな感じがヒシヒシと伝わってくるよ、尚《なお》始末が悪いわっ‼

というかなんで私が国レベルの訓練が必要な魔法音痴なの知ってるの⁉

調べたの、調べたのか⁉　ドコまで調べたのお願い教えてぇぇぇ‼‼

………いいや、落ち着くのよルルリーア。このまま流されたら、『花鱗の乙女』役をやらされることになるわ。それは非常に不味《まず》い。

既《すで》に明日の予定を決めている騎士団長へ、渾身《こんしん》の思いを込めて、願いを込めて冷静に。

「いや、いやぁぁ！　なんでこうなるのわたし淑女《しゅくじょ》だから騎士にならないって言ってるでしょぉぉぉ‼‼　じ、辞退っ‼　辞退しますぅぅぅ‼‼‼」

――落ち着くなんて、出来なかったぁぁぁ‼

もうなりふりかまってられない。

魔術の教師を一人旅立たせた私の実力知ってますぅぅ⁉

そんな苦手な魔法の練習したくないし祭りで大勢の目前に晒《さら》されるの恥ずかしいし、祭りは楽しむ側でいたい‼　そう、楽しむ側でぇぇぇ‼‼‼

渾身の叫びで訴《うった》える私に、騎士団長はその殆ど動かない表情を微動だにせずに言い切った。

「これは、決定事項《じこう》だ」

決定させたの、貴方《あなた》だったよねぇぇぇ⁉⁉

こ、これだから権力を持つヤツなんて、嫌なんだぁぁぁぁ‼‼‼

∞　∞　∞　∞

私の淀《よど》んだ気持ちとは裏腹に、清々《すがすが》しいくらい澄んだ青空が広がっています。

――何故《なぜ》苦手な魔法を衆目に晒す羽目になったんだろうか……。少しずつのんびり練習して克服する予定だったのに……。

なんだろう。私何かに呪《のろ》われているんだろうか？？

……神殿《しんでん》にお参り行こうかな……。でもこの呪い強力そうだけど解けるかな……。

「ルルリーア嬢、鍛錬場では気を抜かぬよう。いつ、模擬剣が飛んでくるかわからないからな」


歩きながら現実逃避していると、隣《となり》にいる騎士団長に厳しく指導された。

指導っていうかその模擬剣がいつ飛んで来るかわからない状況が、とっても怖《こわ》いんですけど騎士団長サマ。——あの、私、もう帰っていいですか？

「だが問題ない。すぐに何が飛んできても対処できるようになるからな」

え？　えええ？？　そこは『私が守ってやるからな』的なのがほしいんですけど？？ていうかそこまで鍛える気なんてサラサラないんですけどぉぉぉぉ!?!?!?

——いい？？　諦めずに何回でも言うよ？？

私伯爵令嬢だからっ!!　淑女だからっ!!!!　騎士なんてならないからっ!!!!!!

「全然嬉しくないですからっ!!　問題も大アリですからねっ!?」

精一杯《せいいっぱい》の抗議を込めて騎士団長を睨《にら》みつけるが、全く効いていないようだ。くすん。

この騎士団長相手に遠慮《えんりょ》するのは止めにした。だって昨日も叫んだり問い詰《つ》めたりしても平然としていたし、普通《ふつう》に受け答えしてたし。

それに遠慮して主張しなかったら、この人絶対何処までも突っ走ってしまうだろう。

……主張しなくても、結果は同じかもしれないけど……。

少し奥《おく》まった所で足を止め、騎士団長は私に向き直った。

「さぁ、鍛錬を始めよう。まずはルルリーア嬢の固定魔法《まほう》陣を見せてもらおう」

あっ、私の抗議はやっぱり無視ですかそうですか。しかももう鍛錬が始まるのね……。

ああ、こんな、鍛錬場に居るところなんかを見られたらお嫁《よめ》に行けないって思ったそばから騎士様方にがっつり見られてるぅぅぅ!!!!

ええええ、珍《めずら》しいのはわかりますよそうですすよ、私が逆の立場だったらガン見しますよ。

――でも見ないでぇぇぇぇ!!

四方八方から不本意な注目を浴びて、私がかなり腰《こし》が引けていると、横にいる騎士団長から殺気が飛んできた。

……もう!!　ちょっとした注意の代わりに殺気飛ばさないでよ!!　あーはいはい、わかったってば、そんなに殺気立たなくてもやりますよ、騎士団長。

やればいいんでしょぉぉ?? ?

ちょっと不貞腐れながらも、固定魔法陣を発動する。

だがしかし、私の魔法音痴を舐めてはいけない。あらゆる魔術系分野の教師が、揃《そろ》って匙《さじ》を投げ、一人の教師を旅立たせたほどの実力なのだ。

私が展開した歪《いびつ》で不安定な魔法陣にえいっと乗ると同時にパリンッと儚《はかな》く砕け散る。

――――うん、いつもどおり。

ふふん、どうです？？　そう、私の実力はこんなもんですよ？？

乙女役は、最低でも一時間は固定魔法陣の上で花鱗を撒かなくてはいけないのだ。

くっくっくっ‼　騎士団長よ‼　私の実力について何処で何を聞いたか調べたか知りませんが、この真実を直視して、花鱗の乙女役とか、騎士とか、騎士とか、騎士とか、とにかく騎士とかに私を成らせようとするのを諦めませんかねぇぇ？？

期待を込めて騎士団長を見るが、彼《かれ》はこの事態に全く動じていなかった。……ちっ。

「そうだな……。固定魔法陣の強度が足りていない。まずはそこから鍛錬だな」

ぐぬぅ‼‼　騎士団長めぇ‼‼　的確な指摘《してき》だよ！　その通りですよ‼

騎士団長は私に関する正確な情報を入手していたようだ。……がっかりして諦めてくれるかと期待してたのに。

そ、そうだ！　他の騎士様にしてみたら、固定魔法陣が出来ない私なんぞ『え？　あんなのも出来ないの？』と蔑《さげす》まれる対象だ。

今鍛錬場に居る騎士様は、先程の私と駄目駄目《だめ》な魔法陣を見ていた筈《はず》。

そこから噂《うわさ》を流してもらって、それは一大事だ、『花鱗の乙女』役は元からデキる人に変更しようってことになって!! 私はお役御免《ごめん》にっ!!

騎士様達《たち》がざわめいていたので、聞き耳を立てる。――――さぁ! 噂を流すんだ!!

「す、すごい」「あんなに近くで団長の殺気に耐《た》えられるなんて……」「固定魔法全然出来てないけど問題ないいな」「むしろそっちどうでもいいな」「……団長の嫁か?」

――――おい、最後に言った奴、出て来いココにぃぃぃ!!!!

なんなのその認識、『殺気に耐えられる女性＝騎士団長嫁』は騎士団内では常識なのっ⁉ 問題ない訳あるかっ!! 騎士団長の殺気にそんな効果があるわけないでしょ、固定魔法陣出来なかったら大問題でしょうがぁぁぁ!!

……ああ……なんだか鍛錬が始まってもいないのに、もう疲《つか》れたオウチカエリタイ……。

「ではコツを教えよう」

冷静な騎士団長の声が耳に届く。

心がぐったりしている私に、追い討ちをかけるように騎士団長の指導は続くようだ。

クックック……。このワタクシに、どんなコツを教えてくれるというのかね？？

なんと私は教師を……いやもう、自分の傷口に塩を塗り込むのは止めよう。

「まずは、固定魔法陣の強化だが、足の裏で、ガッとやってぐっと力を込めるんだ」

…………は、はぁぁぁいいいい？？？？？

あれれぇ？　おかしいなぁ？？　私、騎士団長が言ってること、全然理解できないぞぉ？？？

魔法音痴だからとかじゃない。今の何？？

頭が疑問符《ぎもんふ》だらけの私に構わず、騎士団長《きしだんちょう》の指導は更《さら》に続く。

「いいか？　見本を見せるぞ？　……こうして、足の裏に力をグッとまとめて、割れないように パッと陣《じん》を何重かにするんだ」

……んん？？　今のはまたしても何だ？？　さっきの指導と、代わり映えしないぞ？？

そして目の前には、一瞬《いっしゅん》の内に華麗かつ最小限に足元へ多重固定魔法陣を展開した、騎士団長がいる。――――うん、居るね。すごいすごい。そんなに早く展開できるもんなんだね、流石《さすが》騎士団の長。………そ、それから？？

「さあ、ルルリーア嬢もこの通りにやってみるんだ」

…………今の説明で？？？　グッと、とか、パッと、とか言ってたあの説明で？？？

目の前で完全に私が実演するのを待つ体勢の騎士団長がいる。―――うんうん、居る居る。陣を消すのも一瞬。すごいねー。流石だねー。見本消しちゃったねー。

…………えー、言っても、いいかな？？　騎士団長？？

「その説明でわかるかぁぁぁぁ!!!!!!!!」

今日一番の、魂の叫びが出た。

∞　∞　∞　∞

騎士団長の衝撃の指導能力が発覚して、言葉による説明だと全く上達しないこと、そして教えてくれるならば実地でしてくれと、それはもう必死で説得した。

最終的に訓練を放棄するぞと脅して、漸く騎士団長からの同意を得た。……ずっと不思議そうにしてた騎士団長は、今迄《いままで》どうやって生きてきたんだろうね。

あれじゃ、何十年かかっても私が固定魔法陣を扱えるようになることはないと断定できる。ありとあらゆる指導を受けてきた私じゃなくても言える。………段々心が痛みに麻痺してきた。だから魔法は鬼門なんだよぉぉぉ!!!!

そして何故か周りで鍛錬していた騎士様達も、口々に騎士団長へ訴えてくれた。

「お嬢さんは素人《しろうと》だから」とか「専門用語だから解りにくい」とか「体で覚えたほうが早い」とかとか。……加勢してくれたのは、日頃《ひごろ》苦労してるからなのかな？　何に、とは言わないが。

「わかった。では、実地でいこう」

私達の努力の割にはあっさりそう言うと、騎士団長は私をひょいと持ち上げて、いつの間にか展開されていた固定魔法陣の上に乗せる。……おおう、私のとは安定感が段違いだな。

――――パリン、すとん。「へ？」

間抜《まぬ》けな自分の声が聞こえる。

えー、今のは、騎士団長が自分で展開した陣を足でいきなり壊して、結果私が地面に落ちた、という状況ですね。――――どゆこと？

「ルルリーア嬢、壊されたら直《す》ぐに展開するんだ。……高さが足りなかったか」

再び私を持ち上げると、騎士団長は一メートル程跳び上がり陣を展開し、やはり私を置く。そして、陣目掛けて足を上げ……あっ、ちょっ。

――パリン、べちゃ。「ったぁぁ!!!!」

痛いぃぃぃぃ!!!!　お腹《なか》からいったぁぁぁ!!!!

え、ちょ、何なの実地って何なのぉぉぉ!!!!

一メートルの高さから落とされた私が痛みと驚《おどろ》きで混乱していると、冷静な青い目と目が合う。――私を落とした癖《くせ》に平静な、騎士団長の目と私の目が、合う。

「……まだ高さが足りないか」

そうぼそりと呟く騎士団長。――これ、ヤバいやつだ。奴は本気だ。本気で今以上の高さから私を落とす気だ。

冷《ひ》や汗《あせ》が背を伝う。

実地でって言ったの誰だよ！　私だったよ!!!!　恨むよ私ぃぃぃぃ!!!!

――パリン、ばりん、ズサァァ。「のわぁぁぁ!!!!」

あ、あぶなっ!!!!　やっぱりさっきよりも段違いに高かったぁぁぁ!!!!

咄嗟に私に出来る最高の固定魔法陣を展開するも、直ぐに壊れてクッションくらいにしかならない。――だが、その私の無駄《むだ》な足掻《あが》きが、命取りとなった。

「やはり、高さだな」

何かの確信を得たかのように頷く騎士団長。

――おのれ騎士団長ぉぉぉ!!!　その確信は間違いだぁぁぁ!!!

∞　∞　∞　∞

……これは、何度目だろうか。


――パリン、ばりんばりんばりんばりん、ズサァァ。「だぁぁぁ!」

私の素晴《すば》らしい本能が、命の危機に覚醒して展開速度は上がったものの、強度は相変わらず直ぐに壊れてしまう程脆い。

むしろ落ちたときの受け身のほうが、凄い勢いで成長している気がする。

「多重展開の速さは、良くなってきたな」

「た、多重、てん、かいは……役に、必要、ないんです、が……」

息も絶え絶えになりながらも、必死で主張する。

多重展開も要《い》らないし展開速度もここまで求められる役じゃない。

祭りの乙女役の練習にしては難易度が高過ぎだぁぁ!!　この鬼教官めぇぇぇ!!

「まあ、それもそうだな。此処《ここ》までにするか」

その騎士団長のあっさりとした一言に、膝から崩れ落ちる。

――――や、やっと終わりか……。身体中がじんじんするけど終わるならそれでいい。

周りから応援《おうえん》されるのはいいんだけど、落ちまくる姿を見られている事実に精神がガリガリ削られてたけど、終わるならもう本当にいい。

終わったぁぁぁぁ!!!!　この苦行が終わったぁぁぁぁ!!!!!!

浮《う》かれて喜びのハイタッチを騎士様達としていると、騎士団長が一言零した。


「では次に」「え」「固定陣の強度の」「ええぇ」「訓練をするぞ」「うぇぇぇぇぇぇぇぇ!!!!」


――――衝撃だ。まだ続けるのか。

騎士団長には私が筋骨隆々《りゅうりゅう》の、張り切って騎士になりたい男性にでも見えるのだろうか。もし見えるのであれば、神殿で神官様に目と脳を診《み》て貰《もら》うことをお勧めする。……じゃ、なくてぇぇぇ!!　騎士様たすけ…止めてぇぇぇ!　やっぱりなっていう顔止めてぇぇえ!!!!

「始めるぞ」と軽い口調で絶望感に打ちひしがれた私に話しかける騎士団長。

――あっ、やっぱり続けるんですねそうですよね。

またしてもひょいと私を持ち上げると、騎士団長は私の足元に固定魔法陣を展開する。

「さあルルリーア嬢。この上に固定陣を展開するんだ」

「はあ……」

渋々《しぶしぶ》と指示された通り陣を展開する。

おやおや！　私の陣が壊れなかったヨ!!!!　指導の成果カナ!?　……騎士団長の陣の上だからデスヨネ。知ってた。

上がらない志気を上げようと一人苦労していると、その上に更に騎士団長の固定魔法陣が。

その後も言われるがまま展開していくと、騎士団長の陣と私の陣が重なってどんどん高くなっていく。……そういえばこういうケーキがあったな。お腹空いた。甘《あま》いもの食べたい。

「集中しろ、ルルリーア嬢」――ばりん。「うわぁ！」

騎士団長の陣に上から押《お》し潰《つぶ》されて、私の陣が呆気《あっけ》なく跡形《あとかた》もなく消えていったよ。

「もっと強度を上げないと、落ちるぞ」――ばりんばりんばりん。「ぶへうっ⁉」

はい、全滅です。またしても落ちたよ、受け身上手《うま》くなっててよかったぁぁぁ‼

へたり込みながら息を吐《は》く。……もう身体は限界に近い。

それでもまだ訓練を続けようと、陣を重ねようとしてる騎士団長を見て、ぼんやり思う。

――私はなんでこんなことしてるんだろうか。

身体中から土埃の匂《にお》いがして、泥《どろ》だらけになったあの学園での授業を思い出す。……あ

あ、そういえば先生は諦めたんだっけな、私のことを。

だから私もこんなこと、諦めちゃえば、投げ出《だ》しちゃえばいいんだよ。

止めると言えばいい。陣なんて展開しなければいい。『花鱗の乙女』なんて放棄すればいい。

……それだけなのに。

相変わらず平静な騎士団長の青い目を見る。――嫌になるほど見てきた呆れも落胆もない、只《ただ》の目だ。こちらを見ているだけの目だ。……ああもう全く。

ゆっくりと大きく息を吸って、最後の力をかき集める。

ああ、わかったよ騎士団長。

投げ出されも拒否《きょひ》されもしないのであれば、受けて立とうか。

――私からは、止めるなんてもう考えない言わない。

だから此処からは私と騎士団長の我慢《がまん》比べだ。さぁ何処《どこ》からでもかかってこい騎士団長め!!　貴様が諦めるまで付き合ってやろうじゃないか!!!

よろけながら立ち上がって、挑戦状を叩《たた》きつける気持ちで笑う。

そんな私に、騎士団長が無表情を少し崩して笑った。

「……先程の倍でいいか」

…………………えっ、ば、倍っ!?!?

…………あっ、いや、あー、その、勝負はするけれども、手加減は、して欲《ほ》しいかなぁ～？？

∞　∞　∞　∞

どうも、意地を張って騎士団長に立ち向かっていったら、落ちまくって擦《す》り傷《きず》だらけ士まみれのボロボロです……けど何かぁぁぁ!?!?

──結論を言おう。これは私のせいじゃない。

騎士団長は、団長の癖に、人に教えるのが下手くそ過ぎるんだ。そして諦めが悪過ぎるんだ。

あぁ……もうあれから三時間は経っただろうか……。疲労で調子に乗って騎士団長に挑戦なんてするんじゃなかったと若干後悔《じゃっかんこうかい》し始めて……ない。

もう此処まで来たらとことんやってやりますが、その前に休憩だけ下さい。

何度も何度も、壊れた固定魔法陣から落ちてボロボロになった私を見て、騎士団長がぼそりと呟《つぶや》いた。

「ルルリーア嬢は、魔法陣の、いや……魔法のセンスがないな」

お、お前がそう言うかぁぁ!?!? 知ってる、私センスないの知ってたからぁぁぁ!!

そもそもこんなことを画策した時点で理解ってたことでしょぉぉ!?!?

だから早く諦めてよ!! なんなの? この粘《ねば》り強さ!!

でも私からは言うまい!! さあさあさあ言うがいいさ騎士団長。もう諦めたって、ねぇえ!?

「で、です、から……、わたくし、には、むずかしい、かと………」

息も絶え絶えに騎士団長へ訴える。お願いだから諦めてぇぇぇ⁉⁉

そんな状態の私を見つつ、何かに納得《なっとく》したかのように頷く騎士団長。

本来ならばこれで私の勝ちなのだが（一人勝負だけど何かぁぁぁ⁉）奴《やつ》の目は、まだ諦めていない……ように見える。いやきっと気の所為。

「仕方がない。私では荷が重かったようだ」

……なんだか言い方が釈然《しゃくぜん》としないが、これでこの苦行から逃れられるのであれば、もうそれでいい、いやむしろお願いします。

——いやったぁぁぁ‼‼　勝った、私勝ったよ！　兄様‼‼

幻影《げんえい》の兄様が肩《かた》に手を置いてくれているような気がする。祝福？　いや、これはあわれみ？


「明日からの鍛錬《たんれん》は、ソランに頼んでおこう。では、忙《いそが》しいのでこれで」

そう言うと騎士団長は（私目線で）厳しい鍛錬の後にも関わらず、颯爽と去っていく。

……騎士団長にとっては、準備運動にもならなかったようだ。

その背中を見送りつつ、最後までずっと応援してくれていた騎士様に確認《かくにん》する。

「あの………。騎士団長、今、明日って言いました？」

「そうですね。言ってましたね」

答えてくださってありがとうございます、騎士様。

でも可哀想な子を見るような目で私を見るのは止めて！　同情するなら代わって！

「ソランって、誰、でしたっけ？」

「そうですねー。魔術《まじゅつ》師団長の養子の、ソランくんですね」

教えてくださってありがとうございます、騎士様。

あぁ、あのアイリーン様信奉者《しんぽうしゃ》の方ですねー。なんだか最近お茶会で会ったことがありましたねー。…………ええぇぇそうですよ知ってたけどぉぉぉ!!!!

聞いてみただけです。違《ちが》う人かなという希望が入ってました。ごめんなさい。

「…………騎士団長、忙しいって言ってましたよね」

「…………そうですね。今祭りの警護準備で凄く忙しいですね、団長」

タオルありがとうございます、騎士様。

そんな忙しい騎士団長がこんな面倒《めんどう》を引き起こさせないよう、是非《ぜひ》見張って頂きたかった。

………これ、明日も来なきゃいけない、のか、な？？？？

∞　∞　∞　∞

「ほんと、なんなの？　きみ」


開口一番、喧嘩腰《けんかごし》で言われております、ルルリーアでございます。

なんだかんだあって騎士団長が諦《あきら》めるまで魔法鍛錬をするしかない状況《じょうきょう》です。

まだ日の浅い内に早く諦めてくれないかな、騎士団長。

如何《いか》にも『来たくありませんでした』という態度の目の前の彼に向かって、色々堪《こら》えて略礼。私ってばエラい。

私がそんな彼からの喧嘩《けんか》を買わない理由は、彼の養父の『魔術師団長』という地位にある。

『魔術師団長』は爵位はなくなるけれど唯一《ゆいいつ》無二の称号で、騎士と違って王配下ではないため、魔術師は独自の組織、という位置づけなのだ。

……………つまりそのとっても偉《えら》い『魔術師団長』の養子である彼を私が殴り倒したいと思っても、そうそう出来ないのだ。ああ無念。

「ごきげんよう、ルルリーア・タルボットです。この度は鍛錬をお引き受け頂きありがとうございます」

そう、だから礼儀《れいぎ》は大事。いくら相手が名乗らず、私にガンつけてきたとしても、礼儀という名の建前って必要だと思うの。――――私の心を落ち着かせるためにも、ねぇ？

それに折角《せっかく》の機会だ。魔導の申し子（笑）と名高い彼に教えて貰えれば、私でも少しは魔法が出来るようになるのでは？　という希望も入っている。騎士に成れない程度で。

「はぁ？　僕《ぼく》が君のためになにかするとか、ホンキで思ってる？」

呆《あき》れたように彼は顔を歪める。ホント良い性格してるよ、キミ。

えええええ？？？　なになに教えてくんないの？？？　鍛錬場に来てるから教えてくれると思うじゃん、じゃあなんで来たんだよ！

こちらも包《つつ》み隠さず顔を歪める。礼を尽くすのはもう止めだ止め。――――態度が悪いのはお互《たが》い様ってことでいいよね？

「………ではどうしてココに？」

「……ライオネルさんに……言われたから……」

何故か急に勢いをなくした魔術師団長養子君《ソラン》。

えっなに、騎士団長《ライオネル》に脅《おど》されたの？？　目が泳いでるぞ？？　……まあ、騎士団長怖いもんね。殺気とか殺気とか当てられればいいのに、おっと本音が出ちゃった。てへ。

「とりあえず、適当にやってれば？　大体、固定魔法陣なんて練習とか必要ないでしょ」

ジャラジャラと着けた魔法石を弄《いじ》りながら、奴がいい加減なことを言う。

こんの、天才がぁぁぁぁ!!!!　凡人には出来ないことが山程《やまほど》あるんだよぉぉぉ!!!!　喧嘩売ってんのかってそうだよ売られてたよ喧嘩っ!!!!　派手にその喧嘩買ったろかぁぁ!?!?!?

憤る私には見向きもせず、鍛錬場の長椅子《いす》に座《すわ》り込む魔術師団長養子。既にこちらの存在を忘れたのか、一人の世界に篭り始めた。早い。

いやほんとに教える気ゼロですねそうですね。

しょうがない、こんなんに教えられても嫌《いや》だし、どうせこいつ明日からは来なくなるだろう。そうなったらいくらあの騎士団長だって私を騎士にするのを諦めるんじゃないかな。

――――ん？？　むしろそのほうが良い気しかしない。おお、漸く希望が見えてきた。

彼は聞いてないかも知れないが、一応一言添える。

「では、私は鍛錬してますので」

案の定、何の反応も得られなかったので、私は安心して一人時間潰しをすることにした。

∞　∞　∞　∞

やっぱり、身体を動かす、というのは気持ちがいいね！

なんだかどんよりした雰囲気《ふんいき》を纏《まと》った誰《だれ》かが鍛錬場の片隅《かたすみ》にいるが、まあ気にしない。

昨日と同じようにボロボロになりながらも、独特の爽快感が全身を包む。…………全然上達できてないいんだけどねっ!!　いいんだ、既にそれが目的じゃないし。

百点満点（自己採点）の出来栄えで頑張《がんば》った私なので、休憩でもしようそうしよう。

それにしても一時間の鍛錬中、魔術師団長養子は一切《いっさい》口を出してこなかった。逆にすごいな。

彼が座る長椅子の隣《となり》の長椅子に座り（そこにしか椅子がなかった）、家から持ってきたレモン水を飲む。ちょっと甘味がついてて美味《おい》しい。

飲みながら、他に見るものもないので、なんとなく横の彼を見る。

「………なんでなんで…ぼくには…アイリーンしか………なのに…」

――うわっなんかブツブツ呟いてるぅぅ!!!! ちょっ、こーわーいー!! こいつ怖いよ!!!!

心なしか奴の居る辺りが薄暗《うすぐら》くなっている気がして、思わず長椅子の端《はし》へと避難する。

…………これ無視しちゃ駄目《だめ》かな？ いいかな？？ ひゃあ！ ちらちら見てたら奴と目が合った、って目虚ろ!! しかもなんか黒いものが身体から出てる!!!!

ソレを纏いながら、全体的に黒くなりながら、奴はゆらりと長椅子から立ち上がる。釣られて私も立ち上がる。そして私に向かって靄《もや》のようにあやふやな声で言う。

「………ねえ、なんでなの？ ……ぼく、こんなにアイリーンのこと、愛してるのに……」

何でそれを私に言うのさ。そんなの知らないから、アイリーン様に直接聞きなよ。

なんとも返事のしようもない奴の言葉に首を捻っていると、薄暗さが増していく。

あっちょっ！ 地面抉《えぐ》れてるっ!! うわ椅子壊れた!!!! ……もしかしてこれ、魔力暴走してるのかな？？

奴から離《はな》れようとじりっと後退《あとずさ》るが、同じくらい奴がにじり寄ってくるので、あまり離れられず意味がなくなる。なんでコッチに来るんだぁぁぁ!!

明らかに焦点の合っていない虚ろな目で、返事をまるで気にしていない様子で、無意味な言葉を魔力と共に撒き散らす。

「あぁぁ………なんでアイリーンは、ぼくのことっ、愛してくれないの!?!?」

………………はいはいはいはい。再燃しましたよ、怒《いか》りが。フツフツと湧いてきましたよ？ 今呟いているそれ、私関係ないよね？ そして、今関係ないよね？？？

魔力の帯が、まるで生きた蛇みたいにうねる。それをローブのように纏《まと》う、奴の近くへ行く。

黒い蛇に当たって私の大事な柔肌《やわはだ》に細かい傷ができるが、とりあえず無視。――――この借りは高くつくから覚えてなさい。

「ぼくはぼくはぼくはぼくはっ」

「知るかぁっ!!!!!!」

――――ガッッッ!!!!!!!!!!

ローブを引っつかんで、渾身の力《いかり》を込めて、奴に頭突きを叩き込む。

「いっっっっ!?!?!?」

吃驚《びっくり》した様子で額を押さえながら座り込む、魔導の申し子（笑）。

掴《つか》んでいた襟首を手放して、周囲を確認する。暴走していた魔力は無事霧散したようだ。

――うむ、狙い通り。

まだ暴走するようだったら、もう一度頭突かなくてはいけないところだった。

以前、『魔術師って頭揺らしたら魔法使えなくなるのよね』と言っていた我《わ》が親友のサラ。ありがとう、役に立ったよ、さすがだね!!　……それにしても、すでに実戦済みのような一言だったけど、その話はまた今度にして下さい、サラ様。

手についた砂を叩いていると、見開いた彼の目と目が合う。

さっきまでの虚ろな目じゃない、きちんと私を見ている目だ。それを確認して、私はびしりと奴に人差し指を突きつける。

「そんなのどうでもいいわっ!!　ちゃんと魔力制御《せいぎょ》しろっ!!!!」

ふう！　きっぱり言ってやってスッキリした!!

全く！　っていったぁデコ!!!!　頰《ほお》にも傷がぁぁ!!

うわっ腕《うで》にも足にも傷がある!!!!!!

嫁入《よめい》り前で婚約者《こんやくしゃ》募集中なのに…………くすん……。

「…………ぼくだって」


全身の傷を確認してたら、なんか呟いてるよ？　魔導の申し子（笑）。

と思ったら、ボロボロと涙《なみだ》を流し始めた。

やめてよ!!　私がいじめてるみたいじゃないっ!!!!

「ぼくだって、好きで、膨大な魔力を持って生まれてきたわけじゃ、ないっ!!」

詰《なじ》るように私へ訴えかけてくる奴。

えっ？　…………ああ、そういやそうだったね。国一番、いや近隣諸国でも類《るい》を見ないほどの魔力の持ち主でしたねー。

――――で？？？？

「この目もっ！　髪《かみ》もっ!!　ぼくが選んだわけじゃないっ!!」

髪を掻きむしり、怒りに歪んだその目を私に向けてくる奴。

ん？？　…………ああ、そういや赤い目で白い髪でしたねー。確か『悪魔の子』とか言われてるんでしたねー。

──で？？？？

「こんな!!　こんな理不尽な世界でっ!!　アイリーンだけが僕を認めてくれたんだっ!!　アイリーンだけが僕の全《すべ》てなんだ!!　アイリーンが僕を愛してくれなかったら僕はっ!!!!」

まるで私が全ての不幸の元凶かのように、私が奴に苦しみを与《あた》えた張本人かのように、こちらを強く睨んで叫《さけ》んだ。あぁ、私も腹立たしいよ。……昔の自分を見ているみたいだ。

湧《わ》き上がる不快感を堪えて、唇を噛んで強く目を瞑《つぶ》る。

突然の理不尽に晒《さら》されて、泣くだけしかできなかった自分。悲嘆に暮れて何も守れなかった自分。そして大切なものに縋って失った自分。──泣きながら頭を掻きむしり只々嘆《なげ》くだけの奴にその自分が重なって、更に苛立《いらだ》ちが募《つの》る。

目を開けると顔を歪めて涙を零す奴が見えて、言い様のない激情に駆られた。

「おい、アイリーンアイリーン煩《うるさ》いわ」

乱暴に奴の襟首を掴んで、無理矢理《むりやり》立ち上がらせる。

自分の世界に浸りきっていた奴は、揺り起こした私を睨みつけてきた。

「世界が理不尽なのは当たり前だ」

睨みつけてきたその赤色の瞳を、真正面から覗き込む。

すると、奴の顔が少し戸惑《とまど》ったものになった。悪いが私にはその目はただ赤色なだけだ。

――だから、睨まれてもちっとも怖《こわ》くない。


「己に浸るな。理不尽に抗《あらが》え」

腹に力を込めて、あの時抗えなかった癖の自分の言葉に、苦い気持ちを噛み締める。

……わかってる。こんなの只の八つ当たりだ。奴のも八つ当たりだけど。

それでも言わずにはいられなかった。


「抗って抗って、最期の瞬きの瞼《まぶた》が落ちきるその時まで、抗い戦え」

唸《うな》るように言うと奴が身動《みじろ》ぎ、ちゃりと魔法石が擦れる微かな音がした。

奴の膨大な魔力を持つ苦悩《くのう》も、『悪魔の子』と忌避される苦痛も、今までどんな理不尽に晒されたのかも、私には理解《わか》らないし、奴にしか理解らないことだ。

――でもこれだけは理解るし、きっぱりと言える。

「私には貴様の苦労はわからない。でも彼女《かのじょ》が大事なら、愛してるなら、縋《すが》るんじゃない。貴様が守れ」


襟首を離すと、奴はぽかんとした顔で座り込んだ。

ゆっくりと瞬くと、ぽろりと水晶のような涙が零れる。ふんっ、まったくもう……………。

……………………私ちょっと冷静になってきたよ？

――しん、と沈黙が落ちて、ちょっとだけ前の私が脳裏《のうり》に蘇《よみがえ》る。

……あっ……なんか……淑女《しゅくじょ》に…あるまじき…言葉を色々言った気がする………。

少し回想しただけでも、非常に淑女らしくない言葉ばかりだ。

ワタシ的に気まずい空気が流れる。………こっ、これはっ!! なんか誤魔化《ごまか》そうっ!!

「………といことで、おっと天気が怪しくなってまいりましたね!? 私帰ります」

「………いやいやいや、え？ なに？ え？」

そそくさと帰ろうとしたら、座り込んだ奴が声を上げる。混乱はしているものの、どうやら茫然《ぼうぜん》自失の状態からは脱したようだ。

……ちっ！ そのまま呆けてれば良いものをっ!!

取《と》り敢《あ》えず誤魔化されてくれることに懸《か》けて、首を傾《かし》げながら答える。……何が何かな？？

「どうかされましたか？　ソラン様」

「いや、どうかされましたか、じゃないよ。何、歴戦の猛者《もさ》みたいなこと言ってそのまま帰れると思ったの？」

魔導の申し子である奴は、混乱から立ち直るのが早いなぁ!!

自身の額を押さえながら、彼《かれ》は疑うような目でこちらを見る。のを必死で逸らす。

えっ？？　し、知らないなぁー？？　私、淑女で伯爵令嬢《はくしゃくれいじょう》だから、歴戦の猛者とかよくわかんなぁぁぁい？？？

「女の子に頭突きされたの、生まれて初めてだし……」

小さい声でブツブツと呟き始める奴。

いやいやちょっとお待ちさないな。これから人生長いし、そういうこときっといっぱいあるよ？　これからもいっぱい頭突きされるよ？？？　多分。

「あっこれか!!」と突然叫《とつぜんさけ》ぶ奴。

……な、なにかな？？　何故《なにゆえ》に、その何かを期待したキラキラした目でこっち見てくるのかな？？　お目々、刳《えぐ》り出してもいいのかな？

そんな私の物騒な考えを断ち切るかのように、奴が導き出した答えを叫んだ。

「これが拳《こぶし》を交えた男の友情ってやつだねっ!!」

「おいこら、私は女だ」

間髪《かんはつ》を容《い》れず突っ込んだ。――全然違うよ!!

僕こういうの憧れてたんだよねーなんて頬を緩ませてる魔導の申し子よ。今のこの状況で、私と君の間との友情なんてドコから考えついたんだ!!

「友情とか芽生えてないから!!!! どこをどう考えたんだっ!?!?」

心からの叫び声を上げるものの、奴は何故《なぜ》か怯むことなく、むしろ嬉《うれ》しそうだ。解せぬ。

「あーそういう反応ね。いいよいいよ恥ずかしがらなくても」

………おいこらぁぁ!! 話を聞けぇぇぇ!!!!

なんなの?? 馬鹿《ばか》なの?? 私の周り話聞かない人ばっかかぁぁぁ!!!!

私がなんと言っても、奴は『照れ隠《かく》し』と言って聞いてくれない。

………えっ? もしかして、私こんな面倒くさい奴に、友達認定、された?????

――もういやオウチカエリタイィィィィ!!!!!!!!

∞　∞　∞　∞

――――それから。

「……その傷、ごめんね？」

魔力暴走でついた私の傷を見ながら、彼が恥《は》ずかしそうに済まなそうに謝《あやま》る。

その表情が、そこらの乙女《おとめ》よりよっぽど可愛らしかったのは秘密だ。そしてその可愛らしさに免じて、許そうかなって気になったよ。あ、気になったような気がするだけだから、つまりまだ許してない。てへ。

……心が狭《せま》いと言われようとも関係ない。乙女の柔肌を傷付けた罪は重いのだ。

「とっっっっっても、痛かったです！」

「うぅぅ……ほんとごめん」

ここぞとばかりに主張すると、更《さら》にソラン君の眉《まゆ》が下がる。さあさあ、魔道の申し子よ、存分に反省してくれたまえ。

腕を組んでソラン君を睨《にら》みつけていると、「傷治すから、機嫌《きげん》直してよ」と言ってきた。

まあ、治してくれる、というのであれば、この怒りを収めてあげてもよくってよ!!　……って近いぃぃぃぃ!!!!　気が付くとソラン君が、顔と顔が触れそうなほど近くにいた。

アイリーン様の時のように抱きついてきてはいないが、家族でも恋人《こいびと》でもない男女の距《きょ》離《り》ではない、男同士でもこの距離はない、というくらい近い。

——こやつ、明らかに距離感がおかしい。

「じゃあなお」「ちょっと待て」

この距離のまま治療を始めようとするので、きちんと制止する。

そんな私の言葉に、ソラン君は首を傾げたようだ。……近すぎて見えないぃぃぃぃ!!!!

「……この距離、おかしいと思わないのですか？」

「………距離？？」

心当たりはなさそうな声だ。

これは、友人にもぴったりくっついても何も言われてこなかったか、そもそも友人が一人もいない……こっちだな。アイリーン様とお揃いか。

少しだけ気の毒になってきたよ、私と同い年のソラン君。なので、親切な私は教えてあげることにした。

彼の両肩を掴んで、二歩くらい離れたところまで押す。そして近くに転がっていた木の板（長椅子の残骸《ざんがい》と思われる）でソラン君のつま先に一線、私のつま先に一線、と地面に描く。

「これが人との距離感です」

「……友達でも？？」

「……友達、だとしても、です」

不満げに地面の二本の線を見るソラン君。君の中で友達とは一体どんな存在なんだろうか。

拳で語り合ったり、照れ隠しで怒ったり、ゼロ距離で接したり……。どこかで『ともだち』について学び直したほうがいいと思う。

「わかった……ルルリーア……リーアが言うなら」

「おいこら愛称」

しれっと愛称で呼び始めたので、きちんと制止する。

そうされたソラン君は、疑問符《ぎもんふ》を浮かべている。いやいやだからね？？

「……友達って、愛称で呼び合うんじゃないの？？」

「………………………そう、デス」

こ、これは、そう答えるしかないぃぃぃ!!!! だから私と貴方《あなた》はともだちじゃ……ああ
あぁぁぁあ! 結局否定できなかったぁぁぁ!!!!

「じゃ、治すよー」

——もう何も言うまい。

早く治してくれ。そして私を立ち去らせてくれ。帰らせてくれ。

「………これ、は」

「え………?.?.」

神官様が重病の患者に対して宣告するかのように、深刻そうな顔と声になるソラン君。

な、何なの⁉ 怖い怖い、私どっか悪いのっ⁉

ソラン君は顎《あご》に手を当てながら「ちょっと魔法《まほう》使ってみて」とやはり深刻そうに言う。

あれ? この流れはもしや、これから固定魔法陣《じん》のやり方教えてくれるの? やったぁ
ぁ!!!!

ウキウキしながらソラン君の指示通りに固定魔法陣を展開する。——ばりん、すとん。

………さあどうだソラン君⁉

我ながら良い笑みを浮かべてると思う。

けれどそれに応えることなく、ソラン君は眉を少し顰めながら、すっと私の顔の前に手

をかざす――――っつぅ⁉　い、いま、ピリッときたっ⁉

「……うん、これが原因だね。リーア、ちょっと痛いよ？」

先程《さきほど》の私と同じくらい良い笑みを浮かべたソラン君が、不吉《ふきつ》なことを言った。

かなり腰《こし》の引けている私の頭をソラン君はがしりと鷲掴みしてくる。……ちょっまっ――

――「あだだだだだぁぁぁぁ！！！」

頭から爪先までちりちりと焼けつくような痛みが走る。その所為《せい》で淑女に似合わない派手な叫び声をあげてしまった。……だから何なのぉぉぉ⁉⁉

「………よし、終わったよ！」「よし終わった、じゃないわぁぁ‼」

ソラン君のローブの襟首を掴んで、揺さぶる。

うんうん、と頷《うなず》く奴に、もう一度頭突きをお見舞いしてやろうかと、顎を引く。

すると慌《あわ》てた様子で、「ま、待った待った‼‼　治ってるから！　頭突きはもういいからっ‼」と両手を上げて降参の意を表明するソラン君。――――え？　治した？？

ローブを手放して、頬をぺたぺたと触《さわ》って確認。……先程ソラン君につけられた傷が治ってる？？　今のは傷を治してくれた、ということなのだろうか？？　でも治療にあんな激痛が走るほどの大怪我《けが》じゃなかったはず……。これはもしや、いやがらせかっ⁉

「………擦り傷を治すにしては、とても痛かったのですが」

冷たい視線をソラン君へ送ると、心外だとばかりに肩をすくめるソラン君。

「そっちはついで。君の魔術回路が迷子になってた所為で、魔法の制御が出来なかったんだよ」

「…………まいご」

――衝撃《しょうげき》すぎる。何その、魔術回路迷子って……回路って迷うものなの………？

今一理解出来ていない私にソラン君は面白《おもしろ》いものを見たような顔で説明を続ける。

「逆流する回路が二か所あって、それが魔《ま》法制御《ほうせいぎょ》を妨げていたんだ。見つけられなかったのは、その回路が相殺《そうさい》する位置にあった所為だね。それさえなければ見つけられただろうけど」

「はあ…………」

どうしよう、説明されたけど、『はあ』としか言えない。

ということはつまり、その回路のせいで私は上手く魔法が使えなかったってこと？　そして私の学園生活は、回路が迷子になってたから色褪《いろあ》せてしまったってこと？　……まあ、治してくれたから、いいってことにしようそうしよう。細かいことは気にしない、そう気にしない。

遠い目になる私にソラン君は満足気に頷く。

「治すのに強引に僕の魔力を流し」「ふぁっ⁉」「流したんだけど、大丈夫《だいじょうぶ》そうだね」

…………………そういうのは本人の同意を得てから実施しなさいよぉぉぉ⁉

強制的に魔力流したってことはつまり、一歩間違《まちが》えたらその魔力で、私の脳が焼き切れて廃人になってたかもしれなかったってことじゃないかぁぁぁぁ‼‼

怒りのあまり、拳に力が入る。のを見たソラン君は、顔を引き攣らせて早口で弁明する。

「ちょ、まっ⁉　ほ、ほら、魔法使ってみなよ‼　上手くいくからさっ‼‼」

慌てながらも自信満々で魔法を使えというソラン君。

おいおいおい、そんなちょっと魔力を流したくらいで、教師を一人旅立たせたこの私が、魔法を成功させられるようになる訳が――――目の前には、崩れも歪みもなくそのままの円を維持している固定魔法陣、があるぅぅぅ⁉⁉

恐《おそ》る恐る、その上に乗る。………こ、壊れないだとっ⁉　私、どうやったのっ⁉⁉

「ほら、迷子回路じゃなくなれば、簡単なんだよ」

………その名前には物申したいけれど、これは。

「あ、ありがとぅぅぅぅ‼　ソラン君‼　……やった本当に出来てるっ‼　火とかも出せるっ!!　もっと早く発覚してたら学園生活薔薇《ばら》色だったけど全然問題ないっ!!!!　これから薔薇色の人生にしてみせるよっ!!」

ソラン君が引くくらい猛烈な勢いでお礼を言う。

これはもう、ちっちゃな傷のことなんて帳消し帳消し!!!!　許すよむしろ傷痕が残ってても受け入れるよ私!!!!

「べ、別に大したこと、してないよっ………」

顔を真っ赤にして謙遜《けんそん》するソラン君。やだなー、魔術学の権威である先生方が解らなかったんだから、そこは誇っていいと思うぞ?

顔を隠すように俯《うつむ》くソラン君を放置して、喜びのまま、今まで出来なかった色々な魔法を片っ端から試す。

――全部、出来る。壊れない崩れない発動する。奇跡か。

キャッキャと二人で騒《さわ》ぎながら喜びに浸っていると、「さすがだな」と無粋《ぶすい》な声で奴が割り込んできた。………あら、貴方は、教えるのが下手糞《へたくそ》な、騎士《きし》団長《だんちょう》ではありませんか。

「何か御用《ごよう》で?」

「ソランを手懐《てなず》けるとは……ルルリーア嬢《じょう》は、常に予想を斜め回転上へ裏切るな。素晴《すば》らしい」

おいおいおい、なんだその酷《ひど》い評価は。

そんな可笑《おか》しな予想の裏切り方を常にする人間が何処《どこ》にいるんだ。それは私じゃない。

騎士団長、誰かと勘違《かんちが》いしてるんじゃないですか？

「ソランも、よくやってくれたな」

「…………え、ライオネルさん、がほめて……………？？？」

目が白くなるソラン君。どうやら気絶をしているようだ。

おいこら!!　それくらいで気絶するな!!　褒《ほ》められてるんだから喜んだらいいじゃないか!!

「そしてルルリーア嬢。これで騎士に一歩近づいたな」

「………………あっ」

計算通りと言わんばかりに頷く騎士団長を見て、当初の私の目標を思い出す。

わーすーれーてーたぁぁぁ!!!!　固定魔法陣ができるようになっちゃったってことは、
つまりその、『花鱗の乙女』役も出来るわけで、騎士になる前提が整っちゃったわけで……。

これじゃあ、負けを認めるしかないじゃないか。

――――敗北感が半端ない。

騎士団長の後ろから、騎士様がタオルを差し出してくださったので受け取ると、勝負に負けて燃《も》え尽《つ》きた灰のようになった私へ嬉しそうに声を掛《か》ける。

「騎士はともかく……これなら『花鱗の乙女』も問題ありませんね！　よかったですね、ルルリーア嬢っ!!」

「……はっ!?　え、ええとソウダネ!!　……それにもっと練習しないと。明日も」

騎士様の声で意識を取り戻《もど》すと同時に、ソラン君が私を現実へ立ち返らせた。

………ほう、ソラン君。私明日も来るのか。そうだよね、出来るようになったとはいえ、まだ展開出来るようになっただけだものね。………ああ、意識が遠のきそうだ。

騎士になるのは断固拒否《きょひ》するけど、『花鱗の乙女』を固辞する理由がなくなってしまった。

――――こんなはずじゃ、なかったのにぃぃぃぃぃ!!!!!

∞　∞　∞　∞

結果として、固定魔法も、生活に必要な普通《ふつう》の魔法も、出来るようになりました。

魔導の申し子すごい。……騎士団長の思惑に思いっきり嵌まってしまって、腹立たしいけど。

「嗚呼《ああ》、兄様。なんだか大変なものに取り憑かれたような気がします。どうしよう、やっぱり神殿《しんでん》に行ったほうがいいかしら……」

兄様に強固な呪い説を訴《うった》えかけるけど、完全に右から左へ流される。酷い。

「そんなお前にプレゼントだよ」

可愛《かわい》い妹が、何かに取り憑《つ》かれた（かもしれない）のに、寧《むし》ろ嬉しそうにするのはどうかと思いますよ。兄として、いや人として間違ってますよ。

だから真剣《しんけん》に聞いてよぉぉぉ!!!!

この間、兄様の出世の道を険しいものにしてしまってから、ちょっと私に冷たくなった気がする。よよよ、と泣き真似をしていると、兄様がニヤニヤしながら手紙を渡《わた》してきた。

薔薇の模様が押《お》された上質な紙の封筒。開くと仄かに甘《あま》い、良い匂《にお》いがする。

でも嫌な予感しかしない。……最近、手紙に対して嫌な予感しかしないのって、どうなんだろうね………。渋々《しぶしぶ》、宛名《あてな》を見る。

……うわ……アイリーン様、からだ………。

やっぱり嫌な予感は的中した。っと、相手は公爵家《こうしやく》だ。堪えろ私。

残念だったなと言わんばかりに笑う兄様を視界に収めながら、破り捨てたい衝動を抑え込んで、手にある手紙をとりあえず読むことにした。大した話じゃないかもしれないし。

――えーっと、なになに？？

手紙の内容を要約すると、『ソランがまともになったんだけど何したの？』か。

いやちょっと身も蓋もないまとめ方か。でも意味合いは同じだからいいとしよう。

アイリーン様からの手紙を片手に、考え込む。

……んー？？　私、何かしたっけ？？　頭突きしたくらいしか覚えてないなー。それかな？

なんでアイリーン様そんなこと知りたいんだ？

ソラン君にもっとまともになって欲《ほ》しいってことかな。それならとりあえず、アイリーン様もソラン君に頭突きすればいいんじゃないかな？

それで彼が更に好転するかは、保証できんがね。二回目だから、また元に戻る可能性もある。前のソラン君は大変面倒《めんどう》くさかったので、是非《ぜひ》戻さないで頂きたい。

――おや、追伸《ついしん》もあるぞ？　なになに？？

『ルルリーアさんの友達は宣言した者勝ちなんですか？　でしたら』

……………コレ見なかったことにしてもいいかなぁぁぁ!!!!!!

五章 どうでもいいから祭りを楽しませてくれ!!

§　§　§　§

空を、思いっきり好きに、滑る。
――ああ、なんてきもちいいんだろう!!!!
大きく羽根を広げると、一緒《いっしょ》に飛んでた仲間が微かに唸る。何かに怒ってるみたい。
――どうしたのかな？　こんなにたのしいのに。
体に当たる風が冷たくてきもちいい。だから思わずくるりと体を捻《ひね》る。
尻尾《しっぽ》が捻《ねじ》れて、うろこがさりさりと擦れる。それもきもちがいい。
あれ、みんな少し離れたところにいる。

……そうだよね！　思いっきり飛びたいもんね‼

ぎゅっと折りたたんで、水に入るすれすれまで、落ちて落ちて、後ろにくるん。

羽根をこれでもかってくらい広げて、前にくるん。

――たのしい、たのしい‼　ああ、早くアソコに行きたいなぁ。

小さないきものがたくさんいるところに、もう少ししたら行くんだ。

そうしたら、みんなと一緒に捻ったり落ちたり風に乗ったり、たのしく飛べるんだ‼‼

みんなが言うには、それは〝ぎしき〟なんだって。

まじめにやるものなんだって。

でもさ、たのしんでもいいよね？　そうしてから、まじめにやれば、いいよね？？

――わわっ‼‼

ぼんやり飛んでたら、首をがぷって噛まれちゃった。

ごめんよう？　ちゃんと飛んでなかったからかな………。

264

――でもでも、でもさぁ!!

〝ぎしき〟の時は、ちゃんと全力で思いっきり、飛ぶからね!!

§　§　§　§

――竜舞踏祭、当日。

いつも賑やかな王都だが、どの通りも人で溢れ、至る所に花飾りがつけられてて、一層賑やかにそして華やかに彩られている。

揚げ物の香ばしい匂いや色とりどりの菓子《かし》を並べた屋台が所狭しと並び、屋台の店主からの口上に引き寄せられながら、楽しそうに冷やかす。ドラゴン人形が飛ぶように売れ、至る所に角やら羽根やらを生やした子供、大人までも浮《う》かれた様子で練り歩いている。

――どこかで旅芸人達がなにかしたようだ。楽しげな音楽が流れ、わっと歓声があがった。ついでに大きな火柱まで上がる。ちょっと大きすぎたようで、騎士様が何人か、その方向へ足早に向かってく。

…………イイナー、タノシソウダナーーーー。

どうも、『花鱗の乙女《はなうろこ》』の衣装を着こんで、いつもより多めに着飾っております、ルルリーアでございます。やはり逃れられませんでした私。

騎士服をイメージしたその衣装は、上は堅苦しくきっちりとした詰襟で、下はすぐに飛び出せるようショートパンツの上にレースが幾《いく》つも重なっている。

それがひらひらしていて、動きやすいのか動きにくいのか悩《なや》む、いや、動きにくいなこの格好。レースに小さい花鱗がついてて動くと一々音がするし。

そして、常に持ち歩かなくてはいけない花鱗入りの籠、とっても、邪魔《じゃま》だ。

――――え？　羨んでないで、私も楽しめばいいじゃん、とお思いですか、そうですね私も思いたいです。

雲一つない、影《かげ》一つない澄み切った青空を見上げる。

祭りの最大の見せ場であるドラゴン達は、きっかり伍《ご》の月の三日から五日の三日間の内に飛んでくる。すると会場は大盛り上がり。で、私こと『花鱗の乙女』役はその時にドラゴンの鱗《うろこ》を模した花鱗を撒《ま》く。つまり、三日間の内いつ飛んでくるか判《わか》らないドラゴンのために、祭りの間中、ずっと待機していなくてはならないのだ。待機ということは祭りを楽しんでフラフラ出来ないという訳で。

過去に一度、夜にドラゴンが飛んできた例があるから、寝《ね》ている時でさえ気が抜けない。……ちなみに、夜来たときは叩《たた》き起こされ、王都中に鐘が鳴り響くようになっている。本当に夜は来ないで欲しい。

でもドラゴンが来れば解放されるので、早いとこドラゴン来てほしい。お腹《なか》すいた。

「君ももっと楽しみなよ！　ほらっ揚げパンあげるからっ」

親切にもお菓子をくれた、私と似たデザインの衣装を着るソラン君。

そう、彼は私の相方『花鱗の騎士』なのである。

特訓した次の日に『リーアとは友達だから』と言って、いつの間にか『花鱗の騎士』役になっていたソラン君は、一体何者なんだろうか。ほぼほぼ別の人に決まっていたというのに。

ああ、その強引に事を運べる術《すべ》を私に教えてくれれば、こんなことに巻き込まれずに済んだんだ。だけど、そうするとソラン君も『花鱗の騎士』にならなかった訳だから、私はソラン君に教えて貰えず……。

つまり、『花鱗の乙女』役からは、逃れられない運命だった、ということか……。ガクリ……。

死んだ顔をしながら横から出された揚げパンを頬張《ほおば》る。

揚げたてアツアツで、アーモンドと粉砂糖がまぶしてあって、ハフハフうまうま。

……あれ？　揚げたて？　お菓子？？

「ほれ、ろうひたんれす？」

「口の中にものを入れてしゃべらない！　さっきそこの屋台で買った」

……あれ？　私の隣《となり》にいるこの人は、私と同じ不自由の片割れ『花鱗の騎士』役のソラン君、だよね。なぜ自由に屋台で買い物ができているのだろうか。

魔法《まほう》か、魔法でなのか。流石《さすが》は魔導の申し子、ということか。

儘《まま》ならない現実に遠い目をしていると、水魔法で少し湿らせたハンカチを手渡してくれるソラン君。そうそう手がベタベタしてたんだよねー。

お礼を言って返すと、サッと冷たい紅茶も出してくれる。そうそう、今口の中が甘くなってさっぱりしたかったんだよねー。

――これは、私より気が利《き》くか、も……。

細やかな気配りのできるソラン君を少しだけ負けた気分で見ると、物欲しげにしているように見えたのか、どこからともなく再び取り出した揚げパンを私に捧げてくれる。

も、貰《もら》ってあげなくも、ないんだからねっ！


現在は憂鬱なダンスパーティーの主役として広場の天幕で見世物に、じゃなかった、待機している。因みにこのパーティーは、未婚《みこん》の男女が踊る、いわば出会いの場で、ここで恋人になると永遠に結ばれるという噂《うわさ》があるとかないとか言われている代物だ。

少し前にその出会いの場は終わり、メインイベントを控《ひか》えて会場は期待に満ちている。

……出会いなど永遠の恋《こい》など、今の私には関係のない話だ。

――何せこれから私は、そのメインイベント、『騎士と乙女の竜舞踊』に出るのだから。


竜を歓迎する『竜舞踊』は、毎回騎士と乙女役の二人で考えるもので、本来なら一年前から役が決まって、練習して…の筈《はず》が、私とソラン君は直前に決まったため、一ヶ月しかなかった。死に物狂《ぐる》いで練習したけれど、自信は全くない。どうしよう。

サラによると、前任の乙女役が騎士役を巻き込んでドロドロの十角関係になったらしい。

そこに騎士団長からの推薦（……）で私が後任に、何故かソラン君も後任になった、という訳だ。その後、彼らはどうなったんだろうか。

それにしてもなんて酷い話なんだ。なんでこんな事態に――――いや、諸悪の根源は、そんなどさくさに紛《まぎ》れて私を推薦した、あの騎士団長だ。ホント、恨むよぉぉぉぉ!!!!!!


「――――では、これよりっ！　花鱗の騎士と乙女によるっ！　竜舞踊をっ、開始いたしますっ!!」

……来てしまった、始まってしまった。ああ、失敗したらどうしようぅぅぅぅ!?!?


「………リーア、あのさ」と妙《みょう》に言いにくそうにソラン君が話しかけてきた。

「?.?　なんですか?」

今振《ふ》り付けを思い出してる所なんだけど、ソラン君。何？　揚げパンならもういらないよ?.?　首を捻っていると、意を決したように私を真剣に見る。

?.?　紅茶も、もういらないよ?.?

「もう傷、つけないから、だから「ちょっ！　喋《しゃべ》ってないで早く出てっ!!」――――」

物凄《ものすご》い迫力《はくりょく》の誘導係に連れられて、広い舞台《ぶたい》へと躍り出る。

結局何の話かわからなかったけど、先を聞けそうな雰囲気《ふんいき》じゃない。お姉さん怖い。

まあいいか、後で聞こう。それよりも、もうここまで来たらやるしかない。短期間だったけど練習もしたし、ソラン君助けてくれるって言ってたし、女は度胸。

――さあ、いざ行かん！！

「やるわよっ！　ソラン君‼」「……口に砂糖ついてる」

そ、そういうのはもっと早くに言ってよ‼‼　恥ずかしいじゃないかっ‼‼‼

ソラン君とひとまず別れて、舞台の端《はし》と端に立つ。

……ええと確か、最初に上に跳んでからソラン君と空中で交差してそれから、っと始まった‼　よし、まず跳ん――ヒュゴッ！

不吉な音に、背筋が伸びる。

足元が異様に寒い。恐る恐る下を向くと、私が跳ぶ前にいた地面に、氷がまるで扇《おうぎ》のように八方に広がっていた。――え？　これ、練習になかっ――シャラン、わぁぁぁぁああ‼‼

氷が蝶の姿に変化して飛び立ち、儚《はかな》く砕け散った。

その美しい景色に、観客席から一斉《いっせい》に感嘆の声が漏《も》れる。

……いやいやいや、どういうことなのぉ⁉⁉　もうちょっとで氷に串刺しだったん

ですけどぉぉぉ⁉⁉　ソ、ソラン様っ、もしかしてさっき揚げパン貫いすぎたから怒ってるのぉぉぉ⁉

同時に跳んでいたソラン君に目で問うと、口元が動くのが見えた。

…………え？　〝ご、め、ん、が、ん、ば、れ〟？？　それ、どういう意味？？？

疑問で一杯《いっぱい》の私の目の前に、氷の柱の世界が広がった。

――考えるのは後だ。これは集中しないと、あれだ、死ぬ奴《やつ》だ。

周りなんて気にしてられない。気を引き締めていこう。

冷えた空気を吸って溜め込む。……取り敢えずここから離《はな》れようここ寒い。

目の前の氷柱を踏み越えようと跳ぶ。と、爪先が触れるか触れないかのタイミングで、

氷柱が檻に変化して私を囲もうと、迫ってくるぅぅぅ‼‼

――私は、急に、止まれない。

そのままの勢いで、檻にぶつかりそうになった瞬間《しゅんかん》、ソラン君が檻に向かって、つまり私の居る方に向かって、剣を振るう。ちょ、剣先がっ、あ、当たるっ‼‼

すれすれのところで氷の檻だけを砕いたソラン君と跳んだ勢いのまますれ違《ちが》う。

おいこらぁぁぁ!! これはやりすぎでしょうがぁぁぁ!!

なんだそのいい笑顔《えがお》はぁぁぁ!!!!

細かい氷の破片が当たった私は、怒《いか》りを通り越《こ》した乾《かわ》いた笑顔を返す。


――――これが終わったら、絶対に確実に、締め上げる。

覚悟《かくご》しておくんだな! ソラン君め!!!!


私の復讐に燃えた目と目が合うと、笑顔が引《ひ》き攣《つ》るソラン君。

それでも攻撃《こうげき》の手を緩めない。ソラン君が手の平を掲げると、薔薇の蔓を模した氷が複雑に絡み合い、鞭のようにしなったと思いきや私に絡《から》みつく。冷たい。

逃れようとすると、蔓に薔薇の花が咲き乱れ散り、辺り一面が氷の花弁で満ちる。凍えそう。そうして消えた蔓から落ちる私。無事受け身をとる私。――――ほうほうほう、いい度胸だ。受けて立とうじゃないか、ソランよ。

ゆっくりと立ち上がりソラン君へ向き直る。

うん、竜舞が終わるまで待つのは止めよう。――――今すぐ締め上げる。

そういえばソラン君、拳で語り合いたいんだっけ? 友情をぶつけ合いたいんだっけ?

よかろう、私が叶えてあげるよその願い。わあ私優《やさ》しい！　…………だから大人しく私の拳《こぶし》を受け取れぇぇぇぇ!!!!

何かに驚《おどろ》いた様子のソラン君へ、固定陣《じん》を足場にして真《ま》っ直《す》ぐに走る。

ははん！　その整った顔を恐怖《きょうふ》に崩してくれるわって、あれ？　なんでソラン君そんなに嬉《うれ》しそうにしてるの？？

はにかむような、くすぐったそうな、そんな笑顔のソラン君。

それを見たからなのか、ソラン君の近くの観客席から女性の悲鳴のような歓声が聞こえてくる。――いやいやだから、なんで笑顔なんだってばぁぁぁ!!

擦れそうな程《ほど》近くを、音を立てながら水の弾《たま》が通り過ぎる。その速さに肌が粟立つが、止まるものか。ええ、止まってやるものか。

笑顔問題は取《と》り敢《あ》えず置いて、さっきからソラン君の魔法が私に当たる気配は一向にない。

彼《かれ》と私の実力差は天と地以上に差があるのに、だ。

さっき言いかけてたのは、これだな。

『傷をつけない』ってことは、つまり奴には私へ当てる気がない、とみた。

――そうと決まれば、躊躇も遠慮《えんりょ》も、する必要などない。

当たらないとはいえ、氷だの水だのが、凄まじい速度で全身すれすれを飛んでくるんだ。

…………想像してみて？

普通に、怖《こわ》いってのぉぉぉぉぉ!!!!　鳥肌立ってるんだってこっちはぁぁぁ!!!!

私を誰《だれ》だと思ってるの、私凡人だって、アナタわかってるでしょうがぁぁぁ!!!!

踏みつけてやろうと、観客席間際にいるソラン君目掛けて急降下するが、容易く避けられた。

だから逃《に》げないで私の思い《こぶし》を受け入れなさい！　ソラン君!!

「今回の竜舞は派手だなぁ！」「あの子全然怯まない」「すげぇぇぇ！　かっこいいいいい!!」「これは中々」「頑張《がんば》れねえちゃん！　そこだ行けぇぇ!!」

……観客席側に少し居ただけだったのだが、何か色々と聞こえてきた。

そういえば、祭りの最中だったな。途中《とちゅう》からすっかり忘れて――――ばっしゃーん。

……うん、つめたい。

少し足を止めた私に、大量の水が降りかかった。

その次の瞬間ふわりと風がそよぎ、被《かぶ》った水だけを吹《ふ》き飛ばす。その水は氷となって、私の周囲を煌《きら》めきながら散っていく。

――そうだね、綺麗《きれい》なんだろうね。耳が痛いくらいの大歓声が聞こえるし、ね。……今さっき水を被ったとは思えないほど乾いてるけど、それは既《すで》に問題ではない。

そう、問題ではないのだよ。

さあて、そろそろ受け入れる準備は整ったかな？ ソラン君？？ まあ、整ってなくても押し付《つ》けるけどね？？

こちらを窺《うかが》うように静止していたソラン君に向かって跳ぶ。

「絶対、締め上げるっ!! 泣かすっ!!!!!!」

「っはははははっ！ さすがっ!!」

本気で言っているのに、目を輝《かがや》かせて、整った顔をくしゃくしゃにして、実に楽しそうに笑うソラン君。そして突っ込んでいった私をひらりと躱《かわ》す。だから躱すなって!!!!

――私の目標通り、確かにソラン君の顔は崩れた。

だけど、何かが違う……って、流石って何のことだぁぁぁ!!!!

∞　∞　∞　∞

——どの位経っただろうか。

恐らく数分、なんだろうけど、全力を尽くしてソラン君を追いかけている私には何時間にも感じる。動き過ぎて心臓がドキドキを通り越してバクバク言い始めている。

それに血が沸騰し過ぎたのか、頭に真綿をつめこんでいるような、妙な感覚もしてきた。

ヤバイ、このままだと魔法に当たらなくてもワタシ死にそう。だというのに、余裕《よゆう》そうなソラン君を睨《にら》みつける。

……取り敢えずソラン君顔貸して。つねるだけにしてあげるから、ちょっとこっちに来てくれるだけでいい。ぷにっと一摘みつねるだけだから、ね？？

そして、私に一回休憩を挟《はさ》ませて下さい。そのまま力尽きて起き上がれなくなりそうだけど、なんでもいい、ちょっとだけでいいから、休憩したい。

ふわりと自分の意志と関係なく、身体が浮き上がる。どうやら背中に生えた水と氷で出来た繊細《せんさい》な羽根によるものみたいだけど、最早《もはや》私が驚くことはない。

この短時間で私は天馬に乗せられたり沢山《たくさん》の花を生やしたり何だか知らないものに囲まれたりと、存分に不思議体験を味わったからだ。その所為で色々なものが麻痺してるのが理解《わか》る。

ふと、横に同じ羽根を生やしたソラン君が来たのに気付いた。

……相変わらず良い笑顔だね、ちょっと元気出てきたよ私。

――目標よーし。握力よーし。

後は体力を温存して、ソラン君が私の攻撃範囲《こうげきはんい》に来るのを待つだけだ。

私とソラン君に生えていた羽根が、会場を覆《おお》い尽くすほどに大きくなる。とそれが私達《たち》を包むように丸くなった。

そう思ったら、いきなり濃い霧が辺りを覆い尽くして――――びゅんっ!!!

「むぐぐぅぅぅ!!!!!!!?!?!?!??!??」

「しーーーー!!!!」

身体が信じられない速度で舞台裏へ飛んでいく。ソラン君に抱えられて。

――ちょ、何かがっ! 風圧の所為で乙女《おとめ》にあるまじき何かが出ちゃいそうぅぅ!!!!

∞　∞　∞　∞

遠くの方で、歓声が聞こえる。

多分観客席からだと、丸くなった氷の塊《かたまり》の中から私達が突然消えたように見えたんだろう。

「………リーア。その………大丈夫？？？」

「ちょ……まって…今、無理………」

残していた体力は、最後の一飛びで、かき消えた。

舞台裏に置いてあった椅子《いす》に凭《もた》れたまま動けなくなる私へ、ソラン君が恐る恐るといった密《ひそ》やかな声で話しかけてきた。多分ウロウロしてるだろう気配がする。

――悪いが今はほんとに無理。

為す術もなく椅子に伏していると、視界の端で幕が持ち上がるのが見えた。

「いやあ!!!!　ははは！　素晴らしい竜舞だったね!!!!　いやほんと感動した!!!!」

――何か来た。妙なのが、来た。

ちらっと目線を動かすと、異様に明るくて不自然に笑っている、声が大きくて絵の具で描いたような真っ黒の隈《くま》を持つおじ？？？？　……あっ、私にぺろっと任命書を渡した、あの文官様だぁぁ!!!!　うそぉぉぉ!?!?

あまりの変わり様に吃驚《びっくり》しすぎて起き上がってしまう。

戸惑うソラン君の両手を握《にぎ》って振り回すその人は、無慈悲に私へ最後通告を突きつけた人と果たして同じ人間だと言っていいのだろうか。もう少し落ち着いた雰囲気だった気が？？？

ソラン君の腕《うで》を千切れそうなほど振り切った後、私にも手を差し出してきた。が、動かない私を見て、笑顔のまま人形のようにカクリと首を傾げた。

なにこれ、こ、こわい、夢に出てきそう……。

「どうしたんだね？　ルルリーア嬢。………ははあん、わかったぞ!!」

笑顔を崩《くず》さずに私から視線を逸らさずに、肩《かた》に掛けていたカバンを漁《あさ》る文官様。そのあまりの不気味さに、側に寄ってきた震《ふる》えるソラン君と両手で握り合う。

一体、この一ヶ月間に、何があったの文官様ぁぁぁ!?!?!?

「さあ、これをあげよう!!　これさえあればどんな疲《つか》れも吹っ飛ぶ、最高の回復薬だよ!!ま、尤《もっと》も私は飲みすぎて一度に五本飲まないと効かないんだがねっ！　ははは はっ!!」

そう言って文官様が掲げたのは原色に近い青の液体が入ったガラス小瓶。飲んだら回復しないで逆に体力失いそう……。でも一応、差し出された回復薬（仮）へそっと手をのばす。

これ、危険なものじゃ、ないよね？？？

ソラン君を見ると、本物だけど微妙に眉唾《まゆつば》、といった顔をしているので、触《さわ》ったら爆発《ばくはつ》するような代物《しろもの》じゃなさそうだ。取り敢えず貰っておこう。

「うんうん、君達を見てると妻と祭りに来た時をおもい……妻？　私の、つま、かわいい私の子ども……かぞく、が…………？？？」

喋っている途中で、まるで何かが壊れたかのように笑顔が消え、地の底から這い上がるような低い虚ろな声で呟《つぶや》く文官様。

「ひいい!!!!!!　なに、このひとっ!?!?」

「ぶ、文官様ぁぁぁ!?!?　し、しっかりしてぇぇぇ!!!!」

その様子を見て悲鳴をあげるソラン君と、手を固く握り合う。

こ、これは!?　もしかしてこの薬って違法《いほう》――――「はい、ちょっと失礼ー」「ぐふぉうっ」

突如《とつじょ》現れたお兄さんが、いきなり文官様の腹に拳をいれて襟首を持った。この制服は、もしや、財務の方？？　財務官、様？？？

「ごめんねー？　こいつちょっと仕事し過ぎて壊れちゃったんだよねー」

文官様ほどではないけれど、窶《やつ》れた顔の財務官様が、軽やかな笑顔で説明してくれた。

気にしないでー、と言いながら意識のない文官様を引きずって行く財務官様。

……なんだろう、今、華やかな祭りの裏側の闇《やみ》を垣間見《かいまみ》た気がする。

「ね、ねぇリーア。いまの」「なにもなかった」

「え、でもあれ」「なにもみてない」

――そう、忠告通り、気にしないことにしたんだよ、私は。

気迫で押し切ると、ソラン君が口を噤む。それが正しい選択《せんたく》だ。あれは触れてはいけない何かなんだ。……少なくとも私達にはまだ早いやつだ。


――沈黙が落ちる。


「あ、あのさ、リーア。さっきの竜舞での、アレだけどさ……」

おいおいおい、今更《いまさら》言い訳か？　ソラン君よぉ？？

不機嫌《ふきげん》な私の雰囲気を嗅ぎ取ったのか、ソラン君は早口で何かの理由を捲《まく》し立てた。

「ほんと僕《ぼく》こういう所出るとうるさい人がいるっていうか嫌味《いやみ》言われて、売り言葉に買い言葉で悪魔に竜舞は無理とか言われてリーアまで凡庸だとか悪く言われて、じゃあ文句の出ない史上最高の竜舞にしてやるとか言っちゃって引っ込みがつかなくなってそれで、その、リーアに攻撃みたいむひゅっ」

よし、目標通り、頬《ほお》はつねってやったぞ。……はいはい、ちょっと黙ろうか。

全く、何を言い出すかと思えば。

当てる気なかったんだから、魔法《まほう》を仕掛けてきたこと自体には怒ってないんだけど私。

だから理由とかも要《い》らないんだけど。

天才の癖《くせ》に物分かりの悪いソラン君だよ、しょうがないなぁ。

――きゅぽん。ごくご「ふへへえええ⁉⁉」ぐごくごく、ぷはあ。

空になった回復薬の瓶をゴミ箱へ投げ捨てる。へぇ、本当に力が漲《みなぎ》ってきた。

何その信じられない物を見るような目は、ソラン君。

「ちょ、何してんのっ！　そんな怪《あや》しげな「はい、歯ぁ食いしばってー」………え？」


――ゴッッッッ‼‼

「っっっっっったぁぁぁ⁉⁉⁉」


はい、ソラン君人生二回目の、頭突きです。

天を仰いで悶絶しているソラン君。これは良い所に入ったっぽいな。痛そうー。

「その説明要らないいし私怒ってないから。ほら、次行くよソラン君」

そう促すと、ソラン君は、何処《どこ》か不貞腐れたような、不安そうな顔でこちらを見てきた。

……まだ何か、あるの？？？

「………さっきつねったじゃん、今頭突きしたじゃん。だから僕は……その…」

「それは別だぁぁ!! あれ、物凄く近くで、もう氷がヒュゴッってなって、水がぐわって来て、当たらないけど怖かったんだからなぁぁ!!!! だから、その分と、今ごちゃごちゃ言った分で、抓ったのも頭突きしたのも、当然の権利だぁぁ!!!!」

これでわかったかソラン君めって、だから!!

なんで、そんなに良い笑顔なんだぁぁぁ!!!!!!

「………やっぱり、リーアは変だよね。……これも男の友情？」

「だ、か、らっ!! 私は女だって言ってるでしょうがぁぁ!!!!」

へらりと笑うソラン君の襟首を掴《つか》んで揺さぶっていると、さっき誘導してくれたお姉さんが走ってきた。………？？ どうしたんだ？？

「ちょっ二人共なんでこんな所に居るのよぅ!! さっきから観客席からアンコールがすごくてって、ああああーーーーーーー!!!!」

大きな声で叫《さけ》んだ誘導係のお姉さんは、ソラン君の額と私の額を、交互《こうご》に指差す。

ソラン君を見て察するに、私の額も同じように赤く腫れているのだろう。………うん、これは逃げようか。丁度私体力戻《もど》ったし。

――ソラン君と目を合わせて、頷《うなず》く。思いは一つだ、いざ行かん。

くるりと出口へ向いて駆け出……せなかった。頭掴まれてて、無理だった。

この後、めちゃくちゃ怒《おこ》られた。よく考えたら、ソラン君に治してもらえばよかったんじゃないか？？　これはもう怒られ損だよ!!!!

そうして逃げられなかった私達はアンコールに応え、そのせいで私は再び起き上がれなくなってしまったとさ。

めでたしめで、たくなぁぁぁい!!!!!!　全然、よくなぁぁぁぁいぃぃぃぃ!!!!!!

∞　∞　∞　∞

――竜舞踏祭、二日目。

――ドゴオオオオオオオオオン!!!!!!!!

「ヒャッハァア!!!!!!　今回こそ、その面ぁ歪ませてやるよぉぉぉっ!!!!!!」

ご心配には及びません。ココは王都で竜舞踏祭は恙無《つつがな》く続いているのは、保証しよう。

現在、目の前で祭りの目玉である武闘会が開催されております。

昨日の黒歴史は、なかったことにしたい、私十六歳乙女《さいおとめ》。

武闘《ぶとう》会の冒頭で巻き上がった『竜舞』コールに、本気で国外逃亡しようかと考えましたが、司会者によって救われて今に至ります。


武闘会は問題なく進行し、若手騎士《きし》や冒険者、力自慢《じまん》の若者達が、己の限界を超《こ》えた熱い闘いを繰り広げていた。その中で、友情が芽生えたり、愛が芽生えたりと、会場内は爽やかな空気に包まれていたのだが。

「オラオラオラァ!!!! 消し炭にしてやんよぉぉぉぉっ!!!! 死ねぇぇぇぇぇ!!!!!!」

そう叫んだ彼がひらりと舞い上がると、派手に光が走った。次の瞬間、雷鳴が轟《とどろ》き全《すべ》てを焼き尽くさんばかりに火柱がうねる。

あー、死ねはまずいと思いまーす。魔術師団長《まじゅつしだんちょう》様。

「うわっすごっ!!!! 今の焔《ほのお》魔法と雷魔法の多重複合魔法だっ!!!! あの呪文《じゅもん》の複合を可能とするためにまず」――――はい、解説ありがとう、魔導の申し子ソラン君よ。

途中から難しくなってきてなんだかよくわからなくなったが、とりあえず今の雷炎が凄《すご》いことだけはわかったぞ。

「…………」

相変わらずの無言に無表情で構える騎士団長《きしだんちょう》へ、雷を纏った炎の塊（そうとしか言いようがない）が迫る。…………わー魔法って剣《けん》で切れるんだーわーすごいなー。二人共凄いなー。

――そう、武闘会の最後を飾るのは、魔術師団長VS騎士団長（……あともう一人）の模擬試合だ。……模擬、そのはずだ。戦闘、じゃないはず、だよね？　だから、魔術師団長と騎士団長の二人から伝わるピリピリは、殺気なんかじゃ、ないよね？？

素人《しろうと》である私の目でも、明らかに加減されていない魔法をドカドカ打っているような気がするのだが、気のせいだろうか。あれ人に当てても大丈夫《だいじょうぶ》なやつなの？？

観客からは悲鳴ではなくものすごく盛り上がってる歓声が聞こえているから、多分大丈夫なんだろう、と思うことにしよう。

切った魔法の合間をくぐり抜《ぬ》け、魔術師団長の懐へ一気に詰《つ》め寄る騎士団長。

「つぶねぇなぁぁああっ!!!!!!」

それを躱した魔術師団長が叫ぶ。

あわや魔術師団長が真っ二つになるかと思ったけど、私には判《わか》らない何かで防いだようだ。が、代わりにローブが犠牲《ぎせい》になった（ちなみに後でソラン君に聞いたら、魔術師団長が着ていたローブは物理防御に特化した最高級品なんだそうだ。金貨千枚也）。

うわ……すっぱり綺麗に切れちゃってるよ……。

騎士団長が使ってる剣って、あれって模擬剣だよね？　刃潰してるやつだよね？

この武闘会模擬試合って、毎回こんな感じなんだろうか。王都の竜舞踏祭に、私、初参加だけど、本当にコレでいいの？　対戦している両者とも、相手を殺す気満々に見えるのは私だけ？？？

互《たが》いに牽制するように間を空けていると、パリパリと雷を纏《まと》う土煙のあがる闘技台の上で、黒い影がその間を素早《すばや》く動く。

「っこんのっ!!　ちょろちょろすんじゃねぇぇぇ!!!!!!」

この模擬試合のもう一人の相手に苛立った魔術師団長が、闘技台に向けてなにやらヤバそうな威力の魔法を放つ。

次々と炎がうねり上がり、闘技台全体を覆う結界内が赤い光で埋め尽くされた。

が、一瞬《いっしゅん》で視界が晴れる。騎士団長が剣を一振りして光を払ったようだ。

――あ、闘技台割れてる。

唸《うな》るような歓声が熱気に変わり、会場全体に広がっていく。

魔術師団長の魔法の余波で周りを警護している騎士様が膝をつき、結界を補強していた魔術師様が倒れ、なかった。駆け寄った別の魔術師様に、無理矢理《むりやり》口へ回復薬を突っ込まれたお陰《かげ》のようだ。

うわあヒドい……あれ、文官様から貰った、例の回復薬、かな………。

「うひゃあああ!!!!!!　これこれこれェェ!!!!　いいよいいよォォ!!　うおギリ!!　今のギリだったやべェェ!!!!!!」

未だ不規則に巻き上がる炎を紙一重で、人間とは思えないほどの気持ち悪い動きでぬるぬる避《よ》ける人影《ひとかげ》。それに無言で迫る騎士団長。

「…………」

「きしだんっちょっ!!!!　うおっ切れる!!　切れちゃうよォォ!?!?　良いね良いねェェェ!!!!　生きてるおれ生きてるゥゥゥ!!!!!!!!!!」

炎ごと彼を斬りつける騎士団長。私には全く見えないその剣先を、人としてどうかと思うほどの角度で、彼はひょいひょいと避ける。

顔だけ見れば爽やかな好青年のような彼だが、自身への攻撃に対する気持ち悪い程の執着と、それを受けた時の恍惚《こうこつ》とした表情で、全てが台無しだ。

何処《どこ》をどう見ても怪しい人物にしか見えない。

少し、いや大分変態な感じの彼だが、国中で認められている本物の変態だ。………じゃなくて竜遊隊《りゅうゆうたい》という、ドラゴンの攻撃を紙一重で回避《かいひ》することで快感を得る一団の隊長だ。

やはり変態ではあるが、彼等の回避能力は本物だ。ドラゴンの巣へ行って何を取るわけでもない、ただただ純粋《じゅんすい》にドラゴンの攻撃を躱すだけ、まさに変態だ。

因みに攻撃は出来ない。した瞬間に死ぬそうだ。なんなの？　阿呆なの？　あっ変態か。

………国一番の祭りの目玉である武闘会で、変態が混じった試合が最後を飾るってどうなのよ？　ねぇ皆《みな》さん？？

今迄《まで》破壊音でよく聞こえなかった周囲の声に、耳を澄ませる。

「今回もいい動きしてんな」「さすが竜遊隊の隊長だぜ」「きゃあああぁぁぁぁ!!!!　素敵ぃぃぃぃ!!!!」「ふむ、あれはな、発動前の微かな魔力を感知して…」「騎士団長の剣も回避できるのはなぜだすげぇ」「あれ人間？　…憧れるぅ!!」

………………あれ？　なんだろう、この絶賛の嵐は。

祭り補正でも効いてるのかな？　最後に聞こえた、憧れるって言った子供の将来が心配だ。

素敵と叫んだ彼女《かのじょ》は、もう手遅《ておく》れだろう。

……いいや!!　きっと変態竜遊隊隊長にじゃなくて、騎士団長か魔術師団長への声援、かもしれない。二人共イケメンだもんねっ!! ……彼女が手に持つ横断幕の文字は見なかったことにしよう。『隊長』ってきっと『団長』の間違《まちが》いだよね？

興奮してまた小難しい解説を始めたソラン君を放っておいて、一人空を見上げる。

――はっきり言おう。現実逃避《とうひ》です。

この二日間で、私の国に対するイメージが、ガラガラと崩れ去ったのです。

なんで皆普通《みんなふつう》に受け入れてるのぉぉぉぉ!?!?!? え？ コレが普通？？ 普通なの？？

フツウって、ナンダッケ……？？？

「てめぇら避けんじゃねぇぞぉっ!!!! 塵《ちり》にしてやるっ!!!!!!」

苛立ったように魔術師団長が声を荒らげる。

魔術師の長が何物騒なこと言ってるんだ。塵は駄目《だめ》でしょ塵は。

でもあの二人なら当たっても大丈夫《だいじょうぶ》そうだなと思った私も、この会場の空気に染まりつつある。……つまりこういうことかっ!?!?

目の前が真っ白に塗り替えられる。と同時に凄まじい爆発音。

爆風がくる、かと思いきやそこは我《わ》が国《くに》が誇《ほこ》る結界石、そよりともしなかった。素晴《すば》らしい。

私達『鱗撒き隊』の近くには我が国の心臓部と言うべき方々がいらっしゃるもんね。それは厳重にもなりますわ。ちらりと後ろを見る。

そこには国王陛下並びに妃殿下《ひでんか》、宰相閣下、財務大臣、そしてかの王弟殿下《でんか》がって対戦見ないでアイリーン様見てるよブレないな!!

派手な爆炎が上がり歓声と共にまた一つ結界石が壊れ、崩れ落ちる石の側の魔術師様が一人倒《たお》れた。今回は回復薬が間に合わなかったようだ。――おお神よ、彼の魂《たましい》に安らぎを!!!!

更《さら》に視界の端で財務大臣も倒れ伏したのが見えたが、まあ気にしない。気にしたら負けだ。

「…………」

「あぶっあぶねェェェェ!!!!　塵になるとこだったやべェェェェェ!!　うひェェェェ!!!!!!」

そして当然のように生きている騎士団長と竜遊隊隊長（変態）。

闘技台はもう復活できないほど粉々で、爆炎に至っては結界内全体に広がってたと思うが、何故《なぜ》生きてるんだぁぁぁ!?!?!?!?

三者三様に睨み合う緊迫した空気。特に魔術師団長と騎士団長の殺気が半端ない。……あ、護衛の騎士様と魔術師様がまた何人か倒れた。

――まさに一触即発《そくはつ》。これ以上は結界石でも耐《た》えられそうにない、がそれでも攻撃を止めようとしない彼らを前に、陛下が徐《おもむろ》に立ち上がる。

「うむうむ。今大会も良き試合であった!!　これにて武闘会を終了とする!!!!!!」

おお!　良いタイミングです陛下!!!!!!　なんかあの魔術師団長、雷を纏い始めてたからほんとよかった!!!!　死人が出るかと思ったよ、主に周りで頑張る人達に。

陛下の宣言とともに大盛り上がりの観客達。そして抱き合って喜ぶ魔術師様達に、がっしりと腕を合わせる騎士様達。ほんとよかったねぇぇ!!!!

――え、あっ、ちょっともう終了だって……ちょっ、うそ――

∞　∞　∞　∞

――竜舞踏祭、三日目。

最終日の三日目、我がルメール王国大人気の演劇、『サラマン王～二度目の建国～』を観賞しているところです。

昨日の試合は最後の最後で陛下の声が間に合わず、魔術師団長の大出力な雷が放たれ、辛うじて原形を留《とど》めていた結界石の全てが壊れた。が、即座《そくざ》に魔術師団長が結界を貼り直し大部分を防ぎ、一部観客席へ漏れてしまったそれを騎士団長が切り払って事なきを得た。ちなみにその衝撃《しょうげき》で吹き飛んだ闘技台の残骸《ざんがい》から、倒れた魔術師様達を担《かつ》いで避けたのは、竜遊隊隊長（変態）だ。……『負荷《ふか》最高ゥゥウウウ！』と叫びながら。やっぱり変態だ。

おっと、舞台を観なくっちゃ！　盛り上がるところだもんね！

本物のようなドラゴンの飛翼を羽ばたかせ、堂々と舞台へ降り立つ美形の役者。朗々と美声を響《ひび》かせる彼は、これまた本物みたいなねじれた角を生やし、顕《あら》わになっている片腕には青いサファイアと見紛う程の本物のような鱗、を着けた肌？？？

……いや、これ格好良いけど、ドラゴン役なんだよね？　人型はまあ劇だしいいとしても、ドラゴンってあんな角あったっけ？？　もうちょっと大人しい角だった気が？？

その彼がドラゴン島を模した小さな島に、ふわりと立つと、咆哮を上げて口から火を、って役者じゃなくて芸人かっ⁉　――――だがしかし、やはり観客席は沸き立つ。我が国民は寛容だ。

あとは、サラマン様がドラゴンと対峙し、大団円で劇は終わる。……因みに劇が終わると、王宮へ我ら鱗撒き隊は軟禁…じゃなくて後夜祭のパーティーに出席しなくてはいけない。つまり屋台に行ける時間はないに等しい。

ああ、もうお祭り終わっちゃうよ、結局楽しめなかったな、と諦《あきら》め始めた頃《ころ》。

――舞台に大きな影《かげ》が落ちた。

「ドラゴンだぁぁ!!!!!!」

きたぁぁぁ!!!!!! ついにきたぞ!!!! これで花鱗撒き終わったらお役御免《ごめん》だ!!!!

私とソラン君は素早く立ち上がる。ソラン君も最後の方は待ち疲れてたもんね!!!!

「リーア! 行くよっ!」

ソラン君よ、止めなさい。こんな人前で親しげに愛称で呼ぶんじゃない!

唯でさえ王弟殿下に目をつけられて、婚約《こんやく》どころか恋人《こいびと》らしき影の兆候すらないんだからね私!! これでソラン君と噂《うわさ》とかになったら、どうしてくれるんだ!!!!

が、それより何より花鱗を撒くのが先。――さあ、鱗撒き隊の出動だ!!!!

何せまだ劇終わってないからね? そう、撒き終わったら我が親友のサラと一緒《いっしょ》にお祭り。撒き終わったら屋台の物食べ放題。撒き終わったらもう座《すわ》って待たなくていい。

固定魔法陣《まほうじん》を多数展開、貴賓席から飛び出て駆け上がり一気に観客の頭上へ。

素直《すなお》に感謝するのも癪だが、魔導《まどう》の申し子であるソラン君のお陰で、見違えるような陣展開。以前の私だったら今の一歩目で割れて落ちているところだ。――――これはソラン君のお陰であって騎士団長は全く貢献していないことを、ここで明言しておこう。

眼下に広がる溢れんばかりの人波を見て、ゾッとする。

もしこんな大舞台《ぶたい》で無様に落ちていたら……。おお怖い、ソラン君、これは魔力暴走して嫁《よめ》入り前の乙女の顔に傷をつけたことは許してあげよう。そして騎士団長、貴方《あなた》の仕打ちは一生根に持ってやるからな!!!!

そんな私の複雑な思いと鬱憤を込めて、持たされていた筒状の籠から花鱗をがっつり掴む。

――――これを撒いたら！　後ちょっとだけど祭りを楽しむんだぁぁぁぁ!!!!!!

鼻息荒くして力強く撒き始める。

陽の光に輝く淡い虹色の花鱗を撒く度に、わぁと歓声が広がる。

これは気分がいいな!!!!

出来るだけ全員へ満遍なく配れるよう、細かく移動して撒く。

私が弾む度に、腕を振《ふ》る度に、シャラと涼《すず》しい音が耳元を擽《くすぐ》って更に気分が上がる。と、太陽の光がふっと遮《さえぎ》られ、視線を上に向けた。

悠《はる》か上空で並行するドラゴン達の、見事な飛行だ。……おお、苦手な魔法を使ってるのに、よそ見とか出来ちゃってるよ!!!!!! 私成長してるっ!!!!

ぐんと天高く飛んで行くドラゴン達、からの急降下。

翻した体の鱗が光に反射して煌《きら》めく。――凄く綺麗。宝石みたい。

水色、黄緑、桃色、薄茶《うすちゃ》が、絡まるように位置を入《い》れ替《か》えながら、空を飛ぶ。と思いきや薄茶のドラゴンだけ列からはみ出た。……おいおいおい、列が乱れた所為《せい》で桃色と黄緑がぶつかりそうだったぞ!? 危ないな。

そんな周囲に構わず、薄茶は宙返りに捻りを懲りずに入れていく。

恐《おそ》らく予期せぬ角度から薄茶の尻尾《しっぽ》が当たったのだろう、桃色ドラゴンが大きく頭を振る。頭か、頭に当たったのか。

そんな一匹のドラゴンの自由飛行に翻弄されるドラゴン達。それを見て楽しげな歓声を上げる観客達。その声に応えるかのように更に一回り追加する薄茶。

なんだ? あいつ。……あれかな、ドラゴンにもお調子者とかいるんだ。……あっ薄茶め、また勝手に旋回を入れてるよ。遠目でも周りのドラゴンに迷惑そうにされてるよ。ぷぷぷ。

あぁあぁ、隣《となり》の水色ドラゴンにぶつかっちゃってドラゴンブレスで怒られて、って叱るレベル高いなっ⁉⁉

そのドラゴン達の見事というより面白《おもしろ》飛行に目を奪われて、鱗を撒くのをすっかり忘れていた私。まずいまずい、ドラゴンに気を取られている場合じゃない。

早く撒かなきゃ‼‼　そして早く終わらせなくちゃ‼　さあ、屋台よ！　待っているがいい‼

残り沢山ある鱗を撒こうと再び観客達へ視線を戻したら、揃いのドラゴン羽根を着けた親子がこちらを指差しているのが見えた。わかったよ、今撒くからちょっとお待ちなさいな。

――――きゃぁぁぁああ‼‼‼‼‼

歓声を遮って悲鳴が響く。……え？　悲鳴？？？　なになに、どしたの？？

見回すと、さっきの親子だけじゃなく一斉《いっせい》に私の後ろを皆が指差している。え？　後ろ？？

なんだろうと思いつつ振り向くと、そこにはさっきのお調子者ドラゴンが、ぐるぐると錐揉《きりも》み状になりながら、こっちに、おちてくるぅぅぅっっ!?!?!?!?!?

嘘《うそ》でしょだってドラゴンが落ちて、とそこまで考えて、そのドラゴンが勝手に飛び回る姿を思い出す。――――あいつっ!!!!　絶対旋回とか入れて調子に乗った所為だなぁぁ!!!!

そのお調子者ドラゴンは最早体勢を立て直せないようでどんどん私に近付いて………………えっうわ、どうしよう!!!!　なんか、茶色のが、こっちにくるぅぅぅ!?!?!?!?!?

頭の中は焦《あせ》りの極致だというのに、身体は言うことを聞かず硬直したまま。錐揉み状態で落下してくる薄茶色のカタマリがどんどん近くなるのを、ただ待ち受けるだけ。

そんな自身を余所《よそ》に、私は瞼《まぶた》をのんびりと瞬《また》く。

……ああ、人って本当に吃驚した時は、思考が鈍くなるってホントなんだな。

全てがゆっくりと動いているように見えた。

慌《あわ》てたように羽根を広げるドラゴンの飛膜のなめらかな表皮。怯えたように丸まる尻尾。

その全てが、衝突すれば重症必須《ひっす》、ひ弱な私には危険な代物だ。

だから、避けなきゃいけないのに、それどころか、近づいてくるお調子ドラゴンの鱗ばかり見つめてしまう。

そうして見つめている内に、ふと気付く。

遠くから見てた時は薄《うす》い茶色だと思ってたけど、本当は光沢のない白の鱗の縁に茶色が入ってるだけなんだな、砂糖菓子《がし》に似てるかも、なんて今考えてる場合じゃないのに。

迫りくるドラゴンの、その鱗が詳しく判《わか》るまで、呆然《ぼうぜん》とお調子ドラゴンをただ見ている私。その身体は冷えて痺《しび》れたように動かない。

目の前が一面薄茶の鱗になって、漸《ようや》く、あぁこのままぶつかるんだな、と案外冷静に考えた。


――――そう考えていたら、目の前が黒一色になった。

「無事か。ルルリーア嬢《じょう》」


気が付いたら抱え上げられていた、ようだ。――――騎士団長に、片腕で。

………えっ⁉　か、片腕ぇぇぇ⁉⁉

思わず首筋にしがみつく。

だってここ、結構高い。いつの間にか、観客が豆粒のように見える高度にいるよ私。

これ放り出《だ》されたら確実に固定魔法陣を展開できない、その自信がある。

でもさっきまで私、こんなに高い所に居なかったんですけどぉぉ⁉⁉　そしてあのお調子ドラゴンは何処行ったんですかぁぁ⁉⁉

「案外、ドラゴンとは乗れるものだな」

騎士団長の状況《じょうきょう》にそぐわないのんびりした声に、若干《じゃっかん》の落ち着きを取り戻す。……ん？？？　ドラゴンに？？　……ええと、取り敢《とあ》えず助けてくれて？　ありがとう？？

騎士団長。なるほどね、目の前の黒は団服でしたか。

私が推察するに、例のドラゴンにぶつからずに済んだのは騎士団長のお陰のようですね、今までの人生でこれ以上ないってぐらい、感謝したいのですが。

――この状況は、なんなのでしょうか？？？？

ぐるりを辺りを見回しても、騎士団長の肩越《かたご》しに見える豆粒の観客と忙《せわ》しなく揺れるドラゴンの尻尾くらいしか見えな……しっぽぉぉぉぉ!?!?!?

騎士団長の安心感抜群の肩から、足元が見えるようめいいっぱい身を乗り出す。

どうどうとか言うな騎士団長よ。どうか落とさないでしっかり私を支えていて下さい、今嫌《いや》な予感しかしない当たらないで欲《ほ》しい事実の確認《かくにん》中なんです。

目に映るのは、さっきまでぶつかりそうだった薄茶の鱗に覆われた胴体に跨《またが》る騎士団長。

ほうほう、つまり騎士団長は私を右手で抱《かか》えてお調子ドラゴンの上に乗った、と。

ということは、抱えられている私も当然お調子ドラゴンの上に乗っている、と。

あー、はいはい、そういうことね。それで私無傷で騎士団長の腕の上でこんな高い所に

………えええぇぇえええ!!　ドラゴンに、乗って、えええええぇぇぇえぇぇぇぇぇ!?!?!?

驚愕の事実にひとまず落ち着こうと騎士団長の右腕に戻る。

前を向いたことで騎士団長の左腕に首を抱えられたドラゴンの頭が目の前に見えた。ほほう、これでドラゴンを制御《せいぎょ》しているというわけですな？？　ふむと今の私の状況を振り返《かえ》る。


――――ドラゴン、乗る、私ぃぃぃぃ!?!?!?!?


全然落ち着けなかったぁぁぁぁ!!!!

むしろ一拍置いて事態の深刻さに震えるわぁぁぁぁ!!!!

だってだってお調子ドラゴンの上だよ？

安心できないよ!!!!　落ちるに違《ちが》いないよ!!!!

はやく、早く地上に降ろして下さいお願いします騎士団長様ぁぁぁ!!!!!!

「キュ、キュキュユーーーッ」

騎士団長へお願いをしようとする私を遮って、何か動物の鳴き声が聞こえる。

これはドラゴンの声？？　初めて聞いたけど、なんだろう、このドラゴン苦しそうな鳴き声だな。ん？？？？　………苦しそう……？？　え、もしや…………？？？

――空が、ぐるりと回る。

「キュ――――――――――ッ!!!!？？？!!!!!!？？」


あ、ちょ、馬鹿《ばか》ぁぁぁ!!!!!!　やめ、やめてぇぇぇぇ!!!!!!!!

お調子ドラゴンが身体をくねらせてめちゃくちゃな動きをする。

これはもう、私達を振り落とそうとしてますね、わかります!!　そりゃ首を騎士団長みたいな人外に絞《し》められてたら、苦しくて混乱するでしょうねぇぇぇ!!!!

身体を押《お》さえつけられるような風圧に、ぐふっと潰《つぶ》れるように肺から息が強制的に吐き出る。そしてまともに吸えない。

お願い息だけは、呼吸だけは、きちんとさせてぇぇぇ!!!!

「おお、意外と楽しいものだな」

まるで穏やかな海で船に乗ってるが如《ごと》く、平然とした態度を崩さない騎士団長。

このドラゴン宙返りとかしてるんですけどぉぉぉ!?!?!?!?　目が回るし胃がかき乱されて、私楽しくない全然楽しくないぃぃぃぃぃっ!!!!!!　ココからおろしてぇぇぇぇ!!!!!!

こんな時でも離さなかった籠から、お調子ドラゴンが回転する度に大量の花鱗が零れ出る。

あっ量が減ってラッキー!!　じゃないよ私っ!!!!!!

風圧に負けそうなのをどうにか言葉にして、騎士団長へ訴《うった》えかける。

「ちょっ、このっ、きし、だんちょっ！　うでぇ!!　ゆるっ、めてぇぇぇ!!!!!!」

「?？　……あぁ、それでさっきから鳴いてるのか。すまんな」

どうやら無事、私の決死の思いは騎士団長に伝わったようだ。ドラゴンがキューキュー鳴いている時点で気づいて欲しかったけど、相手は騎士団長だ。贅沢は言うまい。

何はともあれ、これでドラゴンも解放されて落ち着くだろう。

やれやれ一安心、と思っていた、けど。

「キュキュキュキュゥゥゥッ!!!!?？」

変わらず響く混乱したような鳴き声。

あれ？　騎士団長まだ首絞めてるの!?　……いや、首に手を掛《か》けていない。という事はもう苦しくない筈《はず》なのに、ドラゴンの動きは一向に落ち着かない。

それどころか地上へ急降下しようとしてるぅぅぅ!?!?

ちょ、おち、落ちるぅぅぅぅ!!!!!!

慌てる私を余所に、騎士団長は至って冷静にお調子ドラゴンの下に魔法陣を展開する。

あぶないよっ！　落ちるかと思ったよ何なんだこのドラゴンはぁぁぁぁ!!!!

「キュキュゥゥゥゥーーーー!!!!!!」

騎士団長特製、安定の固定魔法陣の上で忙しなく羽根をバタつかせながら鳴くドラゴン。

どうやらこのドラゴン、苦しくなくなったことがわかっていないようだ。

……つまり、自分で回転しすぎて空から落ちてきて、挙句に人間に首を絞められて混乱して暴れるお調子ドラゴン。しかも首が解放されたことに気付いていない、と。

――こいつはもう駄目なやつだ、駄ドラゴンだっ!!!!

目の前で情けない鳴き声をあげる、命名、駄ドラゴン。

兎《と》に角《かく》落ちついてくれ駄ドラゴンよっ!!　もう苦しくないでしょ、よく見て気付いて、お前が落ち着けば騎士団長だって地上へ降りるはずなんだ、万事《ばんじ》解決なんだ!!

ぐらり、と脳が揺れて、視界がどんどん狭くなっていく。

――こ、れは、不味《まず》いっ!!!!

取り敢えず、回るの、やめろぉぉぉぉ!!!!!!　駄ドラゴンめぇぇぇ!!!!

「こんのっ、お前ドラゴンだろうがぁ!!　いい加減、落ち着けぇぇっ!!　この駄ドラゴンっ!!!!」

――ぽふん

持っていた籠を、駄ドラゴン目掛けて放り投げた。

……腹立ち紛《まぎ》れに放り投げただけで、当てる気はなかったが、どうやら駄ドラゴンの頭に当たったようだ。私凄い。

その拍子に、籠から花鱗が零《こぼ》れ、日に反射しながらキラキラと煌めきながら散らばる。

今ので漸く駄ドラゴンは落ち着いたみたいだ。

もう宙返りもせず、ただキョロキョロと散る花鱗を見ている。……びっくりして正気に戻った、ってことかな?? 全く、人騒がせなドラゴンだよ……。

「はぁ………」

足りなかった空気を吸って深く吐き出す。

これで足場(ドラゴン)も安定したし、ほっと一息つけそうだ。

――というか、私籠をぶつけた際に両手放しになってるんだよねー。なのに騎士団長の片腕《うで》一本に座っているこの安定感。半端《はんぱ》ないな騎士団長、の腕の筋肉。……コレだけ安定してるから、再び首に腕回さなくてもいいよね? ほら私、未婚《みこん》の淑女《しゅくじょ》だし、婚約者《こんやくしゃ》募集中だし。

腕の上でふんぞり返る私を見て、騎士団長は吹《ふ》き出したようだが、気にしない気にしない。

――――わぁぁぁぁあああぁぁぁぁああああぁっ!!!!!!!!!!!!

…………………ん??　なんだこの凄い歓声は???

∞　∞　∞　∞

それから、何故か気分を良くした様子の駄ドラゴンは、再度仲間にドラゴンブレスを浴びるまで、私と騎士団長を乗せたまま飛び続けた。

観客席からの歓声に応えるかのように尻尾を振るその姿は、ドラゴンではなく飼い犬のようにしか見えなかった。……私、ドラゴンってもっと神秘的な存在だと思ってたし、そうであって欲しかった。

名残惜しげに振り返る駄ドラゴンを背に、騎士団長に抱えられたまま地上へ降り立つ。

――降りたら色んな人にもみくちゃにされそうになった。

あまりの勢いに、私は騎士団長の右腕から降りられなくなってしまったよ。

……なになに、何の騒《さわ》ぎ!?!?!?

真っ赤な顔で興奮した様子のおじさんが、騎士様に止められながらも私に何かを叫んでる。

みんな、手を伸《の》ばしてきてるけど、もうドラゴンも居ないし、私にも騎士団長にも触《さわ》った所で何の幸運も得られないよ??　……ああっ、そこのお嬢ちゃん、そんなに強くお父さんの髪《かみ》を握《にぎ》らないであげてっ!!　抜けちゃうからっ!!

「リーアっ!!　無事っ!?!?!?」

血相を変えたソラン君が、丁度騎士《きし》様達の包囲網と騎士団長（と私）の間に降りてきた。

どうやら心配してくれたようだ、うむありがとう。

何処にも傷が無いことを確認したのか、ホッとした様子で頬《ほお》を緩《ゆる》めるソラン君。

「無事だけど。……この騒ぎは一体???」

「……え??　一体、じゃないよ?」

困惑《こんわく》して首を傾《かし》げていると、呆《あき》れたように、いや実際呆れているのだろう、溜息《ためいき》付きで説明してくれた。……含《ふく》み笑《わら》いをしてもこの近さならわかるからなぁぁ!!!!　騎士団長!!

ソラン君曰《いわ》く、ドラゴンに騎乗した騎士団長は『竜騎士』（へぇ）で、騎士団長に抱えられていた私が『竜騎士の花嫁《はなよめ》』（⁉）で。――――その二人がドラゴンを操る（誤解）という奇跡を目撃《もくげき》し熱狂的に歓喜している、らしい、今。

…………ええぇぇぇええええぇええ‼‼‼‼　う・そ・で・しょぉぉぉぉ⁉⁉⁉⁉

騎士団長はもう、『氷の騎士（笑）』とか言う恥ずかしい二つ名をつけられてるから、追加された所で変わらないだろうけど、私は違う。

いやだぁぁぁ‼　『竜騎士の花嫁』とかぁぁぁ‼

もう他の人の二つ名を（笑）とか言えないぃぃぃぃ‼　って私、まだ婚約者募集中なのに、花嫁ってなんでぇぇ⁉⁉　これじゃ騎士団長と…………いやぁぁぁぁ‼‼‼

∞　∞　∞　∞

その騒ぎのせいで、色々な催事に引っ張りだこになった私は、結局最後までお祭り（屋台）を楽しむことは出来ませんでした。ぐすん……。

騎士団長は警備とか仕事だとか言って上手い具合に逃亡したので、ソラン君を強引に巻き込んだのは後悔《こうかい》してない。

――――騎士団長は積もり積もって恨《うら》み倍増だからなぁぁぁ!!!!

ドラゴンから零れ落ちる花鱗が綺麗《きれい》だったとか、騎士団長と私がまるで御伽話に登場する騎士と姫（いやぁぁあ!!）のようだった、とか。

先程《さきほど》の出来事を熱弁する目の前の人を見ながら、もう回るドラゴンは居ないのに、頭がクラクラしてきた。どんどん意識が遠のいていく。

…………ホント私、どうしてこうなったんだ？？？

――――もういやぁ!!　もうココから逃《に》がして私オウチカエリタイィィィ!!!!!!!!!!

閑話　どうにでもなれ騎士は嫁にと願う

§　§　§　§

「おぉ！　目を覚ましたか！」

白い天井《てんじょう》が見える。俺《おれ》は確か会場の警備を？？

……思い出した、団長と魔術《まじゅつ》師団長の殺気に当てられて、気絶したんだった。

「………うむ、問題なさそうだな。さっさと持ち場に戻《もど》らんか」

古株の医務官であるじじ…ダーエン医師が、俺の目や身体を一通り軽く診ると、バシンと勢い良く叩《たた》いてきた。この力強さなら、くそじじ…ダーエン医師は、医師よりも騎士の方が向いてると思うぜ？　ったく、俺今起きたばっかりなんだが。………いや、いつも通りだな、うん。

うんうんと唸る隣のベットにいる魔術師のローブの塊《かたまり》に同情を寄せながら、ベッドの傍らにあった自分の装備を身に着ける。

……またあそこに戻るのか。

ぶるりと身震いするが、これも騎士《きし》の務め、……務め。愛する妻と可愛《かわい》い二人の子の似顔絵が入ったロケットを握りしめ、会場へと向かった。


「おお、戻ってきたな」

同僚の騎士に片手を上げて挨拶《あいさつ》する。その背後には瓦礫の山が、高く高くそびえ立つ。いつもながら思うが、ここまで闘技台を粉々にしなくていいんじゃないか？

会場に戻ると既《すで》に闘技大会は終わっており、観客も疎《まば》らだ。

そしてあとに残るのは、大型の魔物《まもの》でも暴れたような荒れ果てた会場と、泣きながら数を数える財務官だけだ。おい、何度数えても、壊れた結界石の数は変わらないぞ。

あれ、結構高価らしいな、財務官の飲み友が、『今年は何個残るかな……』ってボヤいてたな。じゃあ使わなきゃ良いじゃねえか、と軽い気持ちで言ったら、魔術師の飲み友に『俺らを殺す気か！』と怒鳴《どな》られたっけな。

両者が泣き出すもんだから、詫《わ》びに酒を奢《おご》ってやったら高い酒頼《たの》みやがって……。手持ちがなくてツケにしたら、カミさんに小遣いを減らされたんだぞ。

――それにしても、あの人達《たち》は、特に騎士団長は、本当に人間なのか？

これでも村じゃ一番の腕前で、一人前の騎士になってからも中々の実力者と言われていたが、そんな自慢《じまん》も彼《かれ》が入団するなりぺしゃんこになった。

そう、今の騎士団長だ。

平民はいくつでも騎士見習いになるが、お貴族様は学園に通わにゃならんから、あれは十六歳《さい》だったんだろう。貴族特有のおキレイな顔で女みたいだったから、最初は舐《な》められまくってたっけな。今考えたら空恐ろしいことしてたなぁ。

まぁ、貴族が騎士になるなんざ、そうあるわけじゃない。だから通常の見習いより厳しくされんのも、やっかみ交じりの歓迎みたいなもんだ。貴族だったら直《す》ぐに昇格すんだろうしな。

俺はその時今のカミさんを貰《もら》って幸せ一杯《いっぱい》だったから、泥《どろ》だらけになった未来の団長によくタオルを貸してやったもんだ。懐かしいな。

普通なら悔しがるか泣くかするはずなのに、まったく表情が変わらないなと気づいた時から、変だなとは思っていた。由緒ある伯爵《はくしゃく》のくせに騎士をしてて、しかも『生涯《しょうがい》現役で陛下にお仕えするのだ！』とか言って昇格全部蹴ってる変わりもんのおやじが『あれは化けるぞ』とかしたり顔で言っててもしや、とも思っていた。

——しかし化けるは化けるでも、化けもんになるとは思わねぇよ、おやっさん。

まさか騎士見習いの昇格試験で、対戦した騎士全員、完膚《かんぷ》なきまでに叩きのめすなんて。

俺も叩きのめされた側で、そりゃあ呆然としたもんだ。

当時の騎士団長に殴り飛ばされるまで終わらなかった時点で、もう俺らの中で決まった。

『あいつは、次の団長だ!!』ってな。

「おい！　早く次の持ち場に行けって!!」

おおっといけねぇ。ついつい考え込んじまった。ええと、つぎつぎっと。

頭の中で予定表をなぞる。次は武闘会の優勝者のパレード、だな。それに出る、『花鱗《はなうろこ》の乙女《おとめ》』と『花鱗の騎士』の護衛、だったな。……ってこたぁ、あのお嬢さんの護衛、か。

会場から出て、貴人達が集まる休憩場へ急ぐ。

今回の『花鱗の乙女』であるルルリーア嬢を初めて見たのは、鍛錬場《たんれんば》で、だったな。

なんでこんな所に、見るからに貴族の、しかもロクに鍛えてもなさそうな少女がいるんだ？　なんて思ったもんだ。

団長は面だけはいいからな。それに釣られて団長に熱を上げてる小娘《こむすめ》が無理矢理《むりやり》付いてきたのかと、機嫌《きげん》が悪くなった同僚も居た。特に独身者なんざ、恨みも篭《こも》ってたな。

その少女が、団長の殺気に耐えられるまで、はな。

いやぁ、俺らでも無理なあの殺気に耐えられる女性が、しかも独身だって言うじゃないか!!

そんな奇跡の存在を団長自身が連れて来るなんて、誰《だれ》も想像だにしなかった。

相手がたとえ少女でも気にしない気にしない。思わず、『嫁か？』なんて言っちまったよ。

連れ合いにまで強者であることを求める団長の好みは、騎士団の中じゃ有名だったし、あんなにイケメンなのに団長は生涯独身か⁉　なんて言われたもんだが。

ルルリーア嬢が現れた。

これは逃しちゃいけないと、二人目の子供が生まれて幸せ一杯だった俺が、応援《おうえん》係を買って出たわけだ。独身者の僻《ひが》みは消えなかったからな。だから俺は精一杯応援した、んだぞ？　？

何度も何度も高いところから落とされて、ぼろぼろになっていく彼女《かのじょ》に俺は焦り始めた。

……おいおいおいおい、団長よ。女の子に、厳しすぎやしないかね？

よ、嫁が！　団長の嫁がっ!!　こんなんじゃ団長、嫌《きら》われちまうぞっ!?

助けるつもりで、大声で彼女を応援する。腕を振り上げ、タオルを回す。

――が、がんばれ!!　団長の嫁になって、鍛錬の時間を減らしてくれぇぇぇ!!

§　§　§　§

ドラゴンに乗る団長とルルリーア嬢を見て、俺は涙《なみだ》を流した。男泣きってやつだ。

よかった、本当によかった!!　絶望的かと思ってたが、これで団長の恋《こい》が実る!!

なんだか盛大に横道にそれた気がするが、男はそんな細かいことを気にしちゃいけねぇ。

花鱗がキラキラと反射しながら零れて、素晴《すば》らしい景色が目の前に広がる。今日は色んな意味で伝説の日になるぞ!!

そんな伝説を目の当たりにした観客達がざわめいている。

「あれ？　乙女の相手は騎士の少年じゃ？」「取り合い？？」「また三角関係？？」

……おいおい、馬鹿なことを言うなよ。折角《せっかく》の団長の恋にケチ付ける気か!?

「なぁなぁ、あの騎士団長に抱えられてる子、誰なんだ？」

興奮冷めやらぬ観客が、花鱗を握りしめながら俺に尋《たず》ねる。……よし、良いことを思いついた。団長、俺、やってやりますよっ!!

企みを見せないように、平静を装《よそお》いながら答える。内心バクバクだ。

「あぁ、彼女か。彼女は、団長の（未来の）嫁だ」

その一言に、一瞬《いっしゅん》しんとした後、爆発《ばくはつ》するように騒ぎ始めた。

「騎士団長の嫁!?」「騎士団長は、ドラゴンに乗ったから……」「それは竜騎士ってことですわ！」

んんっ、と古株のじいさんが咳払《せきばら》いして、おもむろに頷《うなず》きながら宣言する。

「では、竜騎士の花嫁、じゃな!!」

——なんて騒ぎになったが、気にしない。…………団長、俺、いい仕事したぜ‼

後日、ドラゴンに乗った乙女が撒いた花鱗、というだけでも箔《はく》が付くのに、史上初の竜騎士が誕生し、更《さら》にその花嫁という肩書《かたがき》までついてしまった、今回の祭りの花鱗。

その幸運の花鱗が、裏でも表でも物凄《ものすご》い勢いで高騰し、偽物が出回り被害《ひがい》が広がり大問題になった上に、騎士団総出で事に当たったため、俺の休日がなくなった。

……そこでちょっとだけ、事実を盛ったことを後悔した。

「人生とはかくも厳しいものなのだろうか」と絞《しぼ》り出すように私の親友に問うと、「だから言ったでしょう?」と預言者が再度宣告するような厳粛さで返答された。

だってだって!! こんなことになるなんて、一体私が何をしたというのか!?

天を仰ぐ私へ、「確かに想像以上の結果だったわね」と優《やさ》しく笑いかけてくれる我《わ》が心の友。「貴方が貴方である所以《ゆえん》が、存分に証明された結果でもあるわね」と楽しそうに目を輝《かがや》かせながら言う我が心の、友。

――私が私って、だから何をしたんだってば、私ぃぃぃ!?!?

真剣《しんけん》に、これ以上ないくらい真摯に、親友に訴えかけると、古《いにしえ》の邪悪《じゃあく》なるダークドラゴンが、まるで喋る金塊《きんかい》を目の当たりにしたような、そんな驚《おどろ》きに満ちた顔を珍《めずら》しく彼女がした。

「……気がついて、なかったの?」と。

おいおい我が親友よ。原因が判っているなら回避《かいひ》しているのだよ。――見給《みたま》え、この私、小難しいことなど理解《わか》らぬ、平々凡々な淑女です。

堂々と胸を張る私を、彼女はじっと見つめる。……あ、穴が開きそうっ！

えーっと……何でしょうか？　もしかして、知らないと不味いことなの？？

「いいえ？　教えた方が面白いかどうか、考えてる所」

何という真顔。その顔は彼女が真面目《まじめ》に考えていることを如実《にょじつ》に物語っている。これは知ったかぶりでもしようかと悩《なや》んでいると、漸く考えが纏《まと》まったようだ。

心を決めた顔で、柔《やわ》らかく言った。「自分で気が付いた方が、成長につながるわよ？」

……おっと、どうやら私に教えない方が面白いらしい。

「頑張《がんば》って考えるから、何か手懸かりを教えてぇぇぇ!!」

親友に心を裂くような気持ちで私の菓子を献上して、教えを乞う。

今のところ、『私が私だから』しか手懸かりがない上にそれも良く理解らない、という手札ゼロの状態なのだよ、私。

そんな私へ「手懸かり、ねぇ……」と呟《つぶや》く親友。——そうだよ！　手懸かりだよ!!

答えでもいいけど？　むしろそっちの方がいいんだけどぉぉぉ？？？

「私に言えることは只《ただ》一つ『貴方が不変ならば今後も事象は繰《く》り返す』ってことだけね」と、またもや難しい言い回しをしているけど、要は私がそのままなら今回みたいなことが又起きるってことか……。それは困るぅぅぅ!!!!

「貴方を変えるにはまず根源そのものを変えないといけないもの……。無理だからもう気にせず自由に生きたら?？」と言いつつお手上げのポーズをする私の親友。

でも、自由に生きた結果が、コレなんじゃゃ……。

うわぁぁ!!　どうしたら良いのぉぉ私ぃぃぃ!!!!

→イマココ

あとがき

この度は本書を御手に取って下さり、誠にありがとうございます。
ｗｅｂの小説サイトへの投稿から始まったこの話が、自分が書いた文章が、まさか本になるとは思いもよりませんでした、というよく見る一文を書くことになるなんて、とても不思議な気分です。縁というものは思いがけない所で繋がっているもので、一つ一つの自分の選択だったり、その時の状況やアドバイスだったり、いくつもの偶然が重なったからこそ今この場にいることが出来る。その縁が本書に繋がっていたことを、その幸運にいくら感謝してもしきれません。

　本書は主人公であるルルリーアの目線で物語が進んでいきますので、『ルルリーア』に搭乗《とうじょう》している気分で読んでいけるかな、と思います。色々な事件に巻き込まれるルルリーアと共に「こっちを巻き込まないで」と叫び、別人視点で斜め上の選択をするルルリーアを「ああなんてアホな子なんだ」と面白がりながら書いております。……もしかしたら、私が一番この話を楽しんでいるのかもしれません。『どうして何なのお家帰りたい』と叫ぶルルリーアや、ヒロイン（？）へ容赦《ようしゃ》なく殺気を飛ばす騎士団長、巻き込まれるルルリーアを楽しそうに見る親友サラ、ヒロイン以外にヤンデレなソラン君。宜しければ私と一緒に、そんな彼女ら彼らの行動にクスリとして頂けたり、ちょっと嫌なことがあった日に「どうでもいいか!!」と気分転換にして頂けたりしますと、転げ回るほど嬉しいです。

そして『ラブコメ』と銘打《めいう》って『ラブ』の少なさに伏してお詫び申し上げたいところですが、ラブは、その、私の愛が詰まっている、ということで如何《いかが》でしょうか？　あっ、要らないと、そうですか……。でも詰めておきますね!!　愛というものはまったく、人類の不変のテーマですね。とても難しいですね!!

最後に、本書の制作にご尽力下さった関係者各位の皆様。キャラの細かい指定も表情も見事表現して下さった阿倍野《あべの》ちゃこ様。そして、本書に目を止めて下さった皆様に深く御礼申し上げます。

皆様の貴重な時間が、ほんの少しでも楽しい時間となりますように。

二〇一八年四月　灰猫陽路《はいねこひろ》

アタルと
キャロの
旅は続く――
著／かたなかじ
イラスト／赤井てら
発売予定!!

魔眼と弾丸を使って
異世界をぶち抜く!
第2巻 2018年夏

HJ NOVELS
HJN32-01

どうでもいいから帰らせてくれ

2018年4月21日　初版発行

著者――灰猫陽路

発行者―松下大介
発行所―株式会社ホビージャパン
〒151-0053
東京都渋谷区代々木2-15-8
電話　03(5304)7604（編集）
03(5304)9112（営業）

印刷所――大日本印刷株式会社

装丁――AFTERGLOW／株式会社エストール

Printed in Japan

ISBN978-4-7986-1655-1　C0076